SVLTO

Wer war Djuna Barnes, die ›bekannteste Unbekannte unseres Jahrhunderts‹? Eine begabte, junge Journalistin, die im New York des ersten Weltkriegs freche und unerwartete Fragen stellte? Oder die Pariser Lady of Fashion mit langen Capes und schrägen Hüten, die in allen Salons aus- und einging? Eine rasende Liebhaberin von Frauen, die sich ab und zu auch in einen Mann verliebte – und die Wirrnisse, Beschämungen und Verwicklungen der Liebe in satirischen Texten weniger ernst nahm als im wirklichen Leben? War sie die große verkannte Autorin oder die menschenfeindliche, exzentrische alte Dame?

Dieser Band stellt die *ganze* Djuna Barnes vor: Interviews und Portraits der frühen Jahre, meisterhafte short stories in bester amerikanischer Tradition, Auszüge aus ihren Romanen und dem Theaterstück *Antiphon*. Aber auch eine bislang kaum bekannte Barnes: die Autorin verrückter kleiner Einakter, die Lyrikerin mit einigen ihrer schönsten Gedichte, und vor allem die Person, die in sehr persönlichen Briefen ihr Innerstes preisgibt – ihre Verzweiflung, ihre Ironie, ihre Unverwüstlichkeit, ihre Leidenschaft.

Djuna Barnes
Hinter dem Herzen

Eine Auswahl aus unbekannten
und bekannten Texten

Zusammengestellt von
Susanne Schüssler

Verlag Klaus Wagenbach Berlin

Die Texte wurden aus dem Amerikanischen übersetzt von Henriette Beese, Wolfgang Hildesheimer, Karin Kersten, Christine Koschel, Kyra Stromberg und Inge von Weidenbaum (siehe Seite 135ff).

Inhalt

Gedichte und Briefe

Wie leben Sie denn?

Das Mädchen und der Gorilla

Eine neue Spezies ist in die Stadt gekommen! Wir dachten, wir kennten uns mit all den verschiedenen Arten von Weiblichkeit in der Welt aus, mit ihren Marotten, Moden und Manieren, ihren Tugenden und ihren Indiskretionen ..., und da kommt nun auf einmal Dinah, das Buschmädchen.

Sie ist, rein äußerlich betrachtet, weder sehr weiblich noch sehr zerbrechlich. Sie trägt zwar das modische schulterlange Haar, doch weiter reicht die Ähnlichkeit dann auch nicht, wenn sie so vor uns steht, auf abgewinkelte Arme gestützt, der ganze Körper gespannt, und dabei aus weiter, weiter Ferne auf ein Leben blickt, das zivilisiert genannt wird.

So steht es um die Gorillafrau, die einzige lebende Gefangene ihrer Art.

Als ich von der Publikumsseite der Gitterstäbe zu ihr hineinblickte, sah ich nur etwas unbestimmtes Graues, einen zwischen die Schultern gesunkenen Kopf – ein Bündel unauslotbarer Regungen. Doch als ich, den Wärter Engelholm an der einen und Professor Robert L. Garner an der anderen Seite, den Käfig betrat, stand sie abrupt auf und bat mit ausgestreckter runzliger Glacéhauthand um etwas – um etwas zu essen. Ihr Appetit ist erstaunlich.

Wärter Engelholm war ein bißchen skeptisch, wie Dinah mich wohl empfangen würde, da ich die erste Frau war, die sich ihr auf Zärtlichkeits- oder Kampfdistanz näherte. Professor Garner schien jedoch zuversichtlich, daß Dinah irgend etwas, und sei es etwas noch so Geringfügiges, an mir finden würde, das ihre Billigung fände.

Sie kam mit hängenden Armen, die Hände zur Faust geschlossen, auf mich zugeschlendert, eine schiefe Masse von einem Körper, die das wenige Licht ausschloß, das der Käfig einließ, bis sie den Stuhl erreichte, den sie für sie hingestellt hatten.

Sie hat eine seltsame Art von Zurückhaltung an sich, wie sie in Empfangszimmern geübt wird, so einen kühl zustimmenden, unverwandten Blick, in dem weder Neid noch Bosheit liegt. Die Menge, die sich draußen vor ihrem Käfig versammelt, die sieht sie nicht, oder wenn sie sie sieht, so könnte es doch ebensogut eine Reihe Kohlköpfe sein. Anscheinend hat sie nichts gegen kirschrote oder schwarze Nähte an einem Paar Handschuhe.

Ich stellte fest – denn ich war gekommen, um sie zu erforschen –, daß das Großartigste und ungeheuer Befriedigende in Dinahs Leben sie selbst ist. Sie wollte lieber vor sich selbst gut dastehen als auf dem gesellschaftlichen Parkett.

Der Professor, der es doch wohl wissen sollte, erklärte mir, sie habe ihre eigene Art zu sprechen. Also sagte ich zu ihr: »Hör mal Dinah, zu welchen Schlußfolgerungen bist du denn in bezug auf unsere Vereinigten Staaten gelangt?«

Sie nahm ihre Knie in die Arme, und ihre Miene war dabei die einer langgeübten Nachdenklichkeit, wie sie dem Verfasser analytischer Romane unsägliches Vergnügen bereitet hätte. Während sie sich auf haarigen Unterschenkeln hin und her wiegte, fing sie an zu lachen – ein ungeheuerliches Lachen, das das virile Haar auf ihrer Brust aufstörte.

Ihr Geist war eine Leerstelle gutarrangierter Unwissenheit.

Drei Schritte von der neuesten Form von Weibtum in der Welt entfernt zu sein, flößte mir, nun – um es milde auszudrücken, Unbehagen ein.

Eine Weile machte sie sich nicht die Mühe zu antworten. Wenn man sie von oben betrachtet, ist sie nur ein kleiner grauer Fleck. Aus der Hocke betrachtet, ist sie eine eigenwillige kleine Hochbahnlok. Wenn es Ihre Würde erlaubt, sich mit ihr im Gesichterschneiden zu messen, werden Sie schon nach dem ersten Kreisen des höhnischen Mundes meilenweit hinterherhinken, denn, glauben Sie mir, Dinah verfügt über das perfekteste Sortiment hemmungsloser Scherze, wem immer sie sich auch gegenübersehen mag. Ihr Gesicht ist der Absprungbalken des Humors.

Nachdem ich ihr so gute zwanzig Minuten hinterhergekrochen war, setzte ich mich hin und ging mit mir zu Rate. Ich sagte mir: Nun wollen wir doch mal sehen, ob die Vorzüge der Zivilisation mich nicht nach allem doch befähigen, diese ziemlich einmalige Situation zu meistern.

Erneut drang ich in sie mit den Worten: »Also, Dinah, nun beantworte mir mal meine Frage. Was hältst du denn von unseren Vereinigten Staaten? Du bist doch schon einen Monat hier.«

Sie verharrte reglos, den Kopf schiefgelegt.

»Warte mal ...« Sie legte die Hand ans Ohr und bürstete sich ein Stück Sackleinen von der Schulter. (Ich interpretiere frei nach Professor Garners Regeln.) »Das erste, was wirklich meine Aufmerksamkeit erregt hat, war der Taxameter in dem Wagen, den Professor Garner genommen hat, um mich hierher in den Zoo zu bringen. Das Ding kletterte genau dreieinviertelmal schneller als ein Schimpanse, viermal schneller als ein gewöhnlicher Affe und sechsmal schneller als ein Gorilla. Es war mir zuwider, alles so außer Kontrolle geraten zu sehen. Außerdem hat es mich doch ziemlich betrübt«, fuhr sie klagend fort, »beobachten zu müssen, daß die Sonne in New York keine Chance hat und der Mond nur eine Erinnerung an vergangene Tage ist. Ich konnte gar nicht feststellen, ob hier Tageslicht oder Elektrizität herrschte.«

Sie unternahm einen kleinen Ausflug durch den Käfig, wobei sie zwischen Engelholms Beinen hindurchtauchte. Dann verharrte sie abrupt und lächelte.

»Nur eins habe ich bis jetzt noch nicht ausprobiert.«

»Und was ist das?«

»Kaugummi! Phänomenal! Ich wüßte gern, was an dieser kleinen Leckerei das ist, das soviele Menschen unter ihren Hüten kreisen läßt. Doch hier im Zoo habe ich bis jetzt das seltsamste und zugleich lustigste Zeug zu essen bekommen, das mir je über den Horizont gegangen ist: Bananen, Orangen, Fleisch und vor allem Croissants.«

Gewiß ist da eine Buschfrau zu uns gekommen, die klein und wunderlich und grau ist, und Sie, die Sie in die Bronx hinauffahren, um sie zu sehen, werden entdecken, daß sie etwas schrecklich Altes und zugleich doch nicht Altes an sich hat. Ihre Augen allein werden Ihnen das Gefühl geben, sich an etwas zu erinnern, das verlorengegangen ist. Sie wiegt weniger als fünfzig Pfund und mißt stehend etwa drei Fuß. Sie ist noch nicht ausgewachsen und wird mit der Zeit groß werden. Ich frage mich nur, ob ich sie dann immer noch so bereitwillig umarmen und mich im Gegenzug von ihr umarmen lassen werde wie jetzt.

Wenn sie die Arme um einen legt, fühlt sich das ein bißchen wie ein Gartenschlauch an. Es ist zugleich unpersönlich und herablassend und dabei doch ziemlich angenehm. Und als sie ihren Kopf auf meine Knie legte, war ich nicht peinlich berührt, sondern bloß erfreut, daß sie an mir als Repräsentantin der Frauen, unter die sie geraten war, etwas gefunden hatte, das ihr Zutrauen weckte.

Natürlich mußte sie dann alles dadurch verderben, daß sie sich mit ernster Miene eine Orangenschale auf den Kopf legte.

Gleichzeitig machte sie sich davon, Engelholm auf den Fersen, dem sie dabei despektierliche Gesichter schnitt – Gesichter, die so gemein und beziehungsreich waren, daß Engelholm sich von dieser gutmütigen Verachtung auf die Palme bringen ließ.

Draußen röhrte die Menge vor Vergnügen, während sie sich, mit starker Schlagseite unbeholfen davontorkelnd, außer Reichweite hielt und Engelholm bei jeder Runde ein kleines bißchen aufholte – Deutschlands mühsamer Sieg über Afrika.

Sie knurrte vielsagend, als er einen Satz machte und sie an den Nackenfalten zu fassen bekam. Unter den Augen der ganzen Zuschauermenge blieb er stehen, um sich die Stirn zu wischen, und hielt sie von sich weg wie ein Gepäckstück aus der Heimat.

»Sie ist so verdammt boshaft«, bemerkte er erhellend, während sie an ihrem Ohr herumspielte, »ein reizendes kleines Mädchen, wenn ihr danach ist, und dann so etwas von gemein ... gemein wie ...« Er suchte vergeblich nach irgend etwas, das Dinahs Seele und Persönlichkeit symbolisieren konnte.

Da ihm das nicht gelang, stand er nur und schüttelte den Kopf. Gerade eben war ihm aufgegangen, daß Kiplings Bemerkung über das Weibchen der Gattung selbst in diesem Falle stichhaltig war.

Kennen Sie Zwangsernährung?

Ich bin zwangsernährt worden!

In welchem Verhältnis zu den anderen Erfahrungen meines Lebens diese steht? Für mich war sie ein Experiment. Sie war nur in meiner Einbildung tragisch. Doch war sie mit Empfindungen verbunden, die schmerzhaft genug waren, um Verständnis für bestimmte Phänomene unserer Tage abzunötigen.

Der Saal, durch den sie mich führten, war lang und schwach beleuchtet. Ich konnte den Arzt vor mir hergehen hören, der so ging, wie alle Ärzte gehen, mit jenem zuversichtlichen kurzen Schritt, wie ihn Pferde haben müssen, die von einer Beerdigung zurückkehren. Das ist kein trauriger oder kummervoller Schritt; vielleicht deutet er unterdrückte Genugtuung an.

Hin und wieder wandte einer der vier Männer, die folgten, den Kopf und sah mich an; eine Frau an der Treppe starrte verwundert – oder war es verächtlich? –, als ich vorbeikam.

Sie brachten mich in ein großes Zimmer. Ein Tisch funkelte vor mir. Für mein Gefühl war er befrachtet mit kommenden Qualen – das war der Tisch, auf den ich mich legen mußte.

Der Arzt öffnete seine Tasche und nahm einen schweren weißen Mantel heraus, eine kleine weiße Kappe, ein Laken und legte alles zusammen auf den Tisch.

Draußen tönte, zusammenhängend und dann doch wieder nicht, schwach ein tiefes, einförmiges Summen über die Stadt hinweg – das Lied von einer Million Maschinen, die ihr Scherflein zum universalen Ganzen beitrugen. Und dies Murmeln war vital und verwirrend, denn das, was mir bevorstand, kannte kein Lied.

Ich werde es strikt professionell handhaben, versicherte ich mir selbst. Falls es eine Höllenstrafe sein sollte, dann doch eine, die meinem Geschlecht heutzutage vertraut ist; andere Frauen haben sie in der Wirklichkeit durchlitten. Ich werde doch noch soviel Mumm haben wie meine englischen Schwestern? Ich beruhigte mich. Das dachte ich jedenfalls, und ich erblickte mein Gesicht im Spiegel. Es war ganz weiß, und ich schluckte krampfhaft.

Und dann wußte ich, meine Seele stand entsetzt vor einem Stück rotem Gummischlauch.

Der Arzt sagte: »Helfen Sie ihr auf den Tisch.«

Er knotete sich dünne, gedrehte Schnüre um den Arm; er testete seine Instrumente. Er nahm das herunterhängende Ende des Lakens und begann, mich zu fesseln: er wickelte es mehrfach um mich herum, wobei meine Arme fest an beide Seiten gepreßt waren, wickelte es mir bis hinauf an die Kehle, so daß ich mich nicht bewegen konnte. Ich lag ausgestreckt wie ein Leichnam – gleichförmige, festumrissene Linien, die weiter reichten, als ich zu sehen vermochte, denn ich sah nur das Licht des Himmels. Meine Blicke wanderten, Ausgestoßene in einer Welt, die sie kannten.

Es war der gedrängteste Augenblick meines Lebens.

Drei der Männer traten zu mir. Der vierte stand ein Stück entfernt und blickte auf die langsam vorwärtskriechenden Zeiger einer Armbanduhr. Die drei hielten mich fest, nicht grob, aber ohne jegliches Mitgefühl, der eine am Kopf, der zweite an den Füßen, und der dritte reckte sich über mich und hielt meine Hände nieder.

Sämtliche Probleme des Lebens waren nun auf einen einzigen schlichten Akt reduziert – zu schlucken oder zu ersticken. Während ich in passiver Auflehnung dalag, ging mir ein komischer Gedanke durch meinen heimgesuchten Kopf: Dies hier ist jedenfalls mal ein Bild, das niemals Eingang ins Familienalbum finden wird.

Ach, diese lächerliche Bangigkeit! – ich redete mir beruhigend zu. Doch wie besessen man von seinen Vorstellungen sein kann! Es ist die Wahrheit, daß die Lichter der Fenster – Weichbilder einer Stadt –, die Wände, die Männer sämtlich zu einer großen Leere verloschen, als der Arzt sich niederbeugte. Dann zerbarst die Dunkelheit plötzlich zu einem Lichtspritzer, als er die Glühbirne vor meinem Gesicht auf und ab und hin und her führte und dazwischen halt machte und meinen Hals untersuchte, um sicherzugehen, daß ich keinerlei Probleme mit dem Schlucken hatte.

Er sprühte beide Nasenlöcher mit einer Mischung aus

Kokain und Desinfektionsmittel ein. Als sie meine Kehle erreichte, brannte und brannte es.

Bei dieser Pilgerschaft war kein Fortkommen. Jetzt fügte ich mich drein. Ich war im Tal, und mir schien, ich läge schon Jahre und beobachtete den Krug, als er sich in der Hand des Arztes hob und schwebend verharrte, eine teuflische, inhumane Drohung. Darin war die flüssige Nahrung, die ich bekommen sollte. Es war Milch, doch ich konnte nicht feststellen, was es war, denn alle Dinge sind gleich, wenn sie den Magen durch einen Gummischlauch erreichen.

Er hatte den roten Schlauch mit dem Trichter am Ende durch die Nase in die Passage der Kehle eingeführt. Es ist gänzlich unmöglich zu schildern, welche Angst das erregt.

Die Hände über meinem Kopf schlossen sich wie ein Schraubstock, und wie antwortende Schraubstöcke wurden die Hände an meinen Hüften und an meinen Füßen starr und stramm.

Unerwünschte Visionen absonderlicher, grauenhafter Dinge tanzten wie verrückt durch mein Hirn. Der abscheuliche Gedanke plagte mich, von den Tentakeln irgendeines monströsen Teufelsfisches in den Tiefen eines tropischen Meeres gepackt zu sein, während die Flüssigkeit sich langsam durch ungezählte, endlose Kanäle ihren Weg ertastete, die meine Nase, meine Ohren, die inneren Windungen meines pochenden Kopfes zu durchschneiden schienen. Nie gespürte Nerven sandten zuckende Schmerzwellen aus, die den Bereich meines Gesichts und meiner Brust erschütterten. Sie ätzten an meiner Wirbelsäule entlang. Sie versetzten mein Herz in katapultische Auf- und Abbewegungen.

Ein Augenblick von der Dauer einer Stunde, und die Flüssigkeit hatte meine Kehle erreicht. Sie war eiskalt, und ein ebenso kalter Schweiß brach auf meiner Stirn aus.

Immer noch keilte mein Herz aus mit der unregelmäßigen, sinnlosen Bewegung, wie sie vom Spiegel reflektiertes Sonnenlicht an eine Wand wirft. Ein dumpfer Schmerz machte sich bemerkbar und verbreitete sich von den Schultern in den ganzen Bereich des Rückens und durch die Brust.

Meine Magengrube war schon längst zusammengesunken, hatte sich zu absoluter Leere aufgelöst. Die Dinge um mich herum begannen, sich lethargisch zu bewegen; das elektrische Licht links von mir machte ein, zwei schwere Schritte auf die Uhr zu, die ihm mit schleichender Langsamkeit entgegenkam. Die Fenster konnten nicht ruhig bleiben. Auch ich löste mich los und bewegte mich in dem Maße, wie das Zimmer es tat. Die Augen des Arztes waren immer genau vor mir. Und da wurde mir klar, daß ich gleich ohnmächtig werden würde. Ich wehrte mich gegen die Kapitulation. Es war die flüchtige Auflehnung des Alptraums. Meine absolute Hilflosigkeit war eine Qual. Ich war mir nur meines Kopfes, meiner Füße und der Stelle in Hüftnähe bewußt, wo jemand mich festhielt.

Immer noch sickerte die Flüssigkeit unaufhaltsam durch den Schlauch in meine Kehle hinab. Jeder Tropfen schien ein Viertelliter zu sein, und jeder Viertelliter glitt vorbei und dann hinein ins All. Ich war zu einem bloßen physischen Mechanismus geworden, ohne die Macht, der Schmach, die meinem Willen angetan wurde, entgegenzutreten oder mich auch nur zu empören.

Der Geist wurde von der körperlichen Schwäche im Stich gelassen. Und da ist er – der empörte Wille. Wenn ich schon, beim bloßen So-tun-als-ob, mein ganzes Inneres vor Auflehnung gegen diese brutale Knechtung meiner eigenen Funktionen glühen fühlte, wie müssen nicht erst sie, die diese Marter wirklich in ihrem nacktesten Grauen durchlitten, bei dieser Vergewaltigung der Heiligtümer ihrer Seele geglüht haben!

In meiner Hysterie hatte ich die Vision von hundert Frauen in garstigen Gefängniskrankenhäusern, gebunden und in Leichentücher gewickelt, auf Tischen gerade so wie diesem, niedergehalten vom unsanften Griff gefühlloser Wärter, während weißgewandete Ärzte ihnen Gummischläuche in die zarten Windungen ihrer Nasenlöcher stießen, um ihren hilflosen Leibern den kruden Nährstoff gewaltsam einzutrichtern, der das Leben erhalten sollte, das sie sich zu opfern sehnten.

Die Wissenschaft hatte uns also endlich des Rechts zu sterben beraubt.

Immer noch sickerte die Flüssigkeit unaufhaltsam durch den Schlauch in meine Kehle.

War mein Körper so untüchtig, fragte ich mich, um auf jeden weiteren Kampf zu verzichten? War der Wille so ohnmächtig, daß es ihm nicht zu Gebote stand, jenen engen Durchlaß zum Lebensreservoir zu sperren, so daß der verhaßte Zufluß gedämmt wurde? Der Gedanke funkte einen trotzigen Befehl in Richtung der untätigen Muskeln. Sie packten meine Gurgel mit würgenden Fesseln. Rätselhafte Schauder ließen meinen Körper erbeben.

»Passen Sie auf – sonst ersticken Sie!«, rief der Arzt mir ins Ohr.

Man konnte also immerhin noch ersticken. Zumindest, wenn die Nerven einen nicht im Stich ließen.

Und wenn man darauf bestand zu ersticken – was dann? Würden sie – die rohen Wärter und dienstbeflissenen Ärzte – ungerührt fortfahren, selbst wenn ein grausamer Tod zum Greifen nah war?

Was für ein Paradox: Jene weißen Kittel, die im Dienst der Lebensverlängerung angelegt worden waren, wären dann nichts anderes mehr als Leichentücher, die leinene Hülle, die das aufbegehrende Opfer einzwängte, ein Totenhemd.

Grenzen müssen doch wohl auch der Dienstbeflissenheit jener gesetzt sein, die streng über die Einhaltung des Gesetzes wachen. Wenigstens habe ich noch niemals von einer Militanten gehört, die durch den Erstickungstod in die Ewigkeit einging.

Es war vorbei. Ich stand auf und schwankte im wiederkehrenden Licht. Ich hatte die ungeheuerlichste Erfahrung der Kühnsten meines Geschlechts geteilt. Die Pein und die Schmach dieser Erfahrung brannten in meiner Seele. Eine trostlose, gestaltlose, wortlose Wut stieg mir die Kehle empor, doch ich lächelte nur. Der Arzt hatte das Tuch wieder vom Gesicht genommen. Der rote Schnurrbart war zu einer Linie freundlichen Verständnisses verzogen. Er hatte alles vergessen, bis auf das Spiel. Die vier Männer, die ihre untergeordneten Rollen in einer untergeordneten Tragödie zu Ende gespielt hatten, verließen bereits einer nach dem anderen das Zimmer.

»Gibt es denn keine andere Möglichkeit, einen Menschen zu fesseln?«, fragte ich, »so ist das ja wie …«

»Ja, ich weiß«, sagte er freundlich.

Ein Freund erzählte mir einmal von einem Künstler, der Selbstmord begangen hatte, weil seine Farben zu verblassen begannen. Seine Gemälde vergingen wie Blumen. Die Menschen, die sie betrachteten, seufzten und flüsterten: »Dies hier stirbt«, und im Hintergrund setzte jemand hinzu: »Das da ist tot.« Es war das noch unerfüllte Geschick seiner Zukunft. Wäre er weniger überschwenglich gewesen, hätte er ergründet, wie haltbare Farbe zustandekommt und wie nicht, er hätte vielleicht ein paar jener düsteren Bilder hinterlassen, die mit jedem Tag strenger und ›besser erhalten‹ wirken. Die frühsten Akte, die mit untadeligen, dauerhaften Farben ausgeführt wurden, scheinen sich nach und nach mit jenem haltbarsten aller Gewänder zu bekleiden – der Patina der Zeit. Turner gehört zu denen, die vom Tod ihrer Gemälde leben.

Und so stehen die Leute vor Greenwich Village und murmeln in mitleidigem Ton: »Es ist nicht von Dauer, die Farben werden verblassen. Es beruht nicht auf gesundem Urteil. Es ist nicht aus jenem robusten, gesunden Material, aus dem, der Vorsehung sei Dank, *wir* gemacht sind, die aus dem eigentlichen Manhattan.« Ein paar gibt es, die seufzen: »Stellenweise ist es ja schön!«, und andere setzen hinzu: »Das ist reiner Zufall!«

Was für eine reizende Antwort der Natur war es nicht, daß sie die meisten ihrer Irrtümer liebenswert gestaltet hat. Das Christentum scheint ein recht verwerfliches Experiment. Doch was lockert so rasch die Tränen wie zwei zum Kreuz zusammengefügte Stücke Holz?

Weshalb hat der Washington Square eine Bedeutung, einen Duft sozusagen, während Washington Heights keinen hat? Der Platz besitzt Erinnerungen an bedeutende Leben und die Möglichkeiten zu solchen, wohingegen die Heights leer sind und die Fifth Avenue nur eine Durchgangsstraße ist. Hier auf der Nordseite gibt es stattliche Häuser, die von großen Vermögen bewohnt werden, von den Lydigs und Guiness' und all denen, deren Namen rascheln wie seidene Unterröcke, und auf der anderen Seite eine Anhäufung von Häusern und Hütten, die in die Kaninchenbauten übergehen, wo die Italiener in der Sonne ihre Brut mehren und herumwimmeln wie in Neapel, wo Obst und Gemüse auf der Straße verkauft werden wie auf der Chiaja, in Schlafzimmern Eis und auf dem Kellerfußboden Spaghetti gemacht werden. Hier ist die Höhle, wo sich unlängst die Revolverschützen verschworen, den Freihandelsfleischer niederzuschießen, und hier findet sich auch die Häuserzeile, deren Bewohnerinnen den Women's Night Court mit der Hälfte seiner Sensationen beliefern. Atlas und Automobile auf dieser, Schäbigkeit und Schubkarren auf jener Seite – das ist der Kontrast, der Lebendigkeit schafft, die Phantasie anregt, Liebe und Haß einflößt.

Der größere Teil New Yorks ist so seelenlos wie ein Warenhaus; Greenwich Village hingegen hat Erinnerungen wie Ohren, die angefüllt sind mit verstummter Musik, und Hoffnungen wie blicklose Augen, die bestrebt sind, einen Blick auf die himmlische Vision zu erhaschen.

Auf den Bänken am Platz Männer und Frauen, die sich ausruhen; die Beine weit von sich gestreckt, herabhängende Arme, lustlos; um die Brunnen herum und an den Ecken Kinder, dunkeläugige italienische Kinder, die eben noch mit einem Yankee-Cockney-Akzent kreischen und einen Augenblick später ihren Müttern mit den schweren Brüsten im Toskanisch Dantes etwas ins Ohr flüstern. Hier eine Schar jüdischer Mädchen wie ein Biedermeiersträußchen, dort ein norwegisches Emigrantenpaar, kräftig von Statur und karg an Worten; ein farbiges Mädchen auf dem Trottoir rempelt einen japanischen Dienstboten an und fragt sich, ob der auch farbig ist oder als weiß gilt wie ›denen Dagos‹.

An jeder Ecke kann man einen neuen Typ sehen; doch seltsamerweise muß man feststellen, daß man hier nirgendwo Amerikaner entdecken kann. New York ist der Treffpunkt der Völker, die einzige Stadt, wo sich kaum ein typischer Amerikaner finden läßt.

Die Wahrheit über Washington Square und Greenwich Village – Namen, die zu Synonymen geworden sind – ist niemals zu Papier gebracht worden. Wenn man genötigt ist, die Wahrheit über einen Ort zu sagen, dann geht dieser Ort sofort in Abwehrstellung. Örtlichkeiten und Stimmungen sollten in Ruhe gelassen werden. Wieviele Restaurants gibt es nicht, die durch ein oder zwei Zeilen in einer Zeitung verdorben worden sind? Wir befinden uns in derselben Gefahr. Was wir dagegen tun können? Nichts. Das Malheur ist bereits passiert, stellen wir fest, und der Schmetterlingsflügel zerfällt bereits zu Staub.

Ich persönlich habe niemals einen wirklich guten Artikel über den Washington Square zu Gesicht bekommen. Noch der banalste Fleck ist nicht wiederzuerkennen. Die kühnsten Dekorationen in den Läden sind alle falsch koloriert. Und was das lange Haar der Männer und das kurze der Frauen angeht, so findet man diesen Typ eher auf dem Broadway. Zigaretten werden uptown nicht weniger geraucht als hier. Das Weintrinken ist ebenfalls Allgemeingut, die harmlosen Eitelkeiten werden andernorts genauso unverhüllt zur Schau gestellt wie hier. Jenseits der Fourteenth Street wird das Geschäft der Liebe zwar unter dem Tisch abgewickelt, doch stellt das etwa einen Präzedenzfall dar, der das Geschäft des Händchenhaltens auf dem Tisch untersagt? Ist die Berührung von Glacéleder denn schädlicher als der Druck von Stiefelleder? Natürlich gibt es Aufschneider, Heuchler, Scharlatane unter uns. Doch wo steht denn verzeichnet, daß sämtliche Übeltäter und Heuchler unter denen gefaßt worden seien, die wir unsere Bohème nennen? Und was das Verbrechen angeht, wurden seine Opfer denn ausschließlich in den Betten von Waverly Place and Fourth Street ermordet aufgefunden?

Oh, Schluß mit dieser albernen Litanei über die unmöglichen Menschen, die hier leben. Weil wir uns euch in unseren Papierhaarwickeln zeigen, müßt ihr da um jeden Preis zu eurem väterlichen Paraffinofen zurückkehren und schreien, im ganzen Leben hättet ihr noch keine Ponyfransen getragen? Und müßt ihr denn auf alle Zeiten die Rolle des zeternden Puritaners übernehmen, der noch nie etwas von sexuellen Beziehungen gehört hat? Was für ein Geschichtchen ist denn das, das euch in den Ohren klingt und das eure Mutter eines Abends über Dad erzählt hat, als sie im Abendschein Erinnerungen freien Lauf ließ, die bei Tage nach Recht oder Unrecht klingen, des Abends jedoch nur pfiffige Anekdötchen sind, zaghafte oder süße Abenteuer eines Mannes, der mittlerweile zu alt ist für seine Jugend und zu weise, um auch nur versuchsweise jene Dinge zu wiederholen, die die Jugend überall in der Welt zum schönsten und traurigsten Teil des Lebens werden lassen? So berauben wir uns denn auf alle Zeiten unserer selbst. Wir sollten mit siebzig geboren werden und anmutig in die Jugend hinabtapern.

Ist denn der Bettler von Paris oder Neapel besser dran als der Bettler vom Washington Square? Und wird denn die Ähnlichkeit innerhalb einer Nation ebenso wie innerhalb einer Gruppe uns nicht erst durch unsere Bettler offenkundig? Diese Bettler, die die Fingerschalen der Stadt abgeben, wohinein die Hände der Gier getaucht sind!

Was will man also noch? Wir haben unsere Künstler, doch wir haben auch unsere Verkäufer. Wir haben unsere Dichter, doch wir haben auch unsere Unternehmer. Wir haben unsere Müßiggänger, doch haben wir nicht auch unsere Scheuerfrauen? Wir haben unsere Reichen und unsere Armen.

In Wirklichkeit sind Washington Square und Greenwich Village nicht eins. Sie sind eins geworden oberhalb des Trottoirs, auf der Höhe, wo die Köpfe der Menschen vorübergehen; doch in schlichten Straßenzügen gemessen, läuft das Village nicht an der Sixth Avenue vorbei. Es beginnt irgendwo um die Twelfth Street herum und begeht Selbstmord an der Battery.

Es gibt ebensoviele Künstler, die nicht am Square wohnen, wie solche, die dort wohnen. Manche Läden werden erwähnt, wie diese Künstler erwähnt werden, weil sie das gewisse Etwas an sich haben, das wir in Ermangelung eines besseren Wortes Atmosphäre nennen.

Wir sprechen ständig von Daisy Thompson's Laden, von der Treasure Box, vom Village Store und vom Oddity Cellar – ebensoviele hübsche Dinge kann man jedoch auch in einem Lädchen in der Eighth Street zwischen Fifth und Sixth Avenue sehen. Weshalb wird das nicht ebenfalls erwähnt? Weil es im Village, aber nicht vom Village ist.

Da gibt es das angenehme Nachtleben des Café Lafayette. Das Brevoort wird wegen seines Souterrains geliebt, wo man das Lichtgefunkel zwischen dem Gesträuch mitbekommt. Dort gibt es außerdem den Kellner, der einen seit zehn Jahren bedient. Alles, was man ißt, kommt einem irgendwie vertraut vor. Mit geschlossenen Augen kann man sagen, wo man sich aufhält. Der kalte Braten des Lafayette ist dem des Brevoort überlegen; die ›Fizzes‹ aus New Orleans sind in letzterem abscheulich und köstlich in ersterem. Es besteht die Aussicht, daß man jemanden trifft, den man nicht mag, wie die Wahrscheinlichkeit besteht, daß man jemandem begegnet, auf den das Gegenteil zutrifft. Man entscheidet von vornherein, welches höhnische Lächeln man Billy schenken wird, wie kalt man Bobbie übersehen oder ob man Louise, die monatelang neben einem gewohnt hat, zur Salzsäule erstarren lassen will.

Die Choleraangst hat dem Lokal Zulauf verschafft, doch die Atmosphäre hat sich nicht wesentlich früher eingestellt als ein gewisser Bobbie Edwards. Im Jahre 1906 verwandelte er das, was damals der ›A Club‹ war, in das, was später als der ›Crazy Cat Club‹ oder das ›Concolo Gatti Matti‹ bekannt war – in einem von Paglieri geführten Restaurant in der 64 West Eleventh Street.

Edwards führte die Sitte ein, die Tische zurückzuschieben und einen After-Dinner-Dance zu organisieren. Er verschickte Einladungskarten an seine Freunde, die ihrerseits Einladungen an ihre Bekannten verschickten. Leroy Scott, Howard Brubaker und Mary Heaton Vorse waren unter den ersten Mitgliedern. So begann etwas von dem einzusickern, was die Bohème werden sollte.

Doch was weiß man von einem Ort, wenn man keine intime Kenntnis von seinen Menschen hat? Mir fällt nichts ein, das ich als hinlänglichen Ersatz dafür anbieten könnte, allenfalls die Form der Anekdote – das Skelett des Lebens.

Dies ist die Geschichte einer Tänzerin, die im letzten Sommer eines Tages mit dem Bus hier unten eintraf, um künftig hier zu leben. Was sie in der Vergangenheit getrieben hatte, fragten wir nicht – was ihre Augen nicht sagten, war nicht wissenswert –, doch sie war ungeheuer offenherzig. Eines Nachts stand dies Mädchen (es war im Polly) vom Tisch auf, weil sie am Telefon verlangt wurde. An ihrer Seite saß ein junger Russe, und als sie hinausging, sagte sie zu ihm: »Hör zu, keine von euren schmutzigen slawischen Tricks – untersteh dich, dich an meinem Kaffee zu vergreifen, während ich weg bin – wehe!«, und von der anderen Seite des Tisches rief jemand dem auf diese Weise angesprochenen Jungen zu: »Na, du Kosake, wie stehst du nun da?« Augenblicklich war die

Tänzerin zurückgerannt gekommen, hatte dem Jungen die Arme um den Hals geworfen und gerufen: »Ein Kosake, wie großartig! Ich habe von euren Greueltaten gehört.«

Und nachdem ich mir nun durch diesen meinen letzten Versuch, einige der falschen Vorstellungen zu entkräften, Erleichterung verschafft habe, bringe ich auch die nötige Beherztheit auf, um diesem Ort einen Leib zu geben.

In der Macdougal Street gerade über dem Dutch Oven befindet sich der Liberal Club. Er ist eins unter der erklecklichen Zahl von Dingen, die von uptown zu uns gelangt sind. Margaret Wilson gehörte zu seinen Gründern, doch versteht sich von selbst, daß sein Charakter sich seit dem Ortswechsel verändert hat. Mitglieder dürfen ihre Freunde mitbringen, falls sie das nicht zu häufig tun. Viele Menschen haben sich hier kennengelernt, gestritten, geliebt, sind dahingeschieden. Die Dochte vieler Geistesleuchten sind hier geputzt worden und haben eine Weile heller gebrannt, bis auch sie neueren Leuchten Platz gemacht haben. Hier hat Dreiser debattiert und Bordman Robinson Skizzen gezeichnet und Henrietta Rodman das Geräusch ihrer Sandale hinterlassen. Harry Kemp hat für seine Büste posiert, um dann, als er sich umwandte, feststellen zu müssen, daß gar keiner daran arbeitete. Jack Reed und Horace Traubel sind hier gesehen worden; Kreymborg, Ida Rohe, Max Eastman, Bob Minor und Maurice Becker – und hundert andere.

Whitman-Dinner werden jeden 31. Mai in einem Privatraum des Brevoort abgehalten. Zwei Spielzeiten zurück begann hier das Herz der Washington Square Players zu schlagen, wenn das Theater selbst auch uptown zu finden war. Ein wenig später eröffnete Charles Edison, der es sich wirklich leisten kann, um seiner selbst willen gekannt zu werden, und der seinen Vater nur als Dekoration mit sich herumträgt, mit dem großen Guido Bruno das Thimble Theatre. Wenn sie auch abgesehen von ›Fräulein Julie‹ keine Erfolge hatten, so war dieser eine doch bedeutend genug, um das Wagnis zu rechtfertigen.

Bruno fing an, in eigener Verantwortung eine Zeitschrift mit dem Titel ›Greenwich Village‹ zu machen. Allan Norton folgte ihm bald mit der harmlosen kleinen ›Rogue‹, die auf einige Zeit einging, deren Wiedererscheinen jedoch für Oktober oder November geplant ist. Kreymborg brachte ›Others‹ – eine Zeitschrift in (Blank-)Versen – ein rechtes Stimmungsbarometer; eine Art poetisches Knäckebrot – das ›vers libres‹ genannt wird; und obwohl es in der Bronx gedruckt wurde, roch es doch nach der Atelieratmosphäre auf der Südseite des Square.

Clara Tice machte Furore mit Gedrucktem und Bobbie Locher ebenfalls. Der Baron de Meyer begann, über einem Glas Yvette in den Cafés gesehen zu werden, umgeben von einer Menge Gesichter, die Anschriften außerhalb des Village gehabt haben mögen, aber doch Bohemiens waren. Schließlich kommt es nicht darauf an, wo man sich den Hals wäscht, sondern wo man sich die Kehle benetzt. Und immer noch sind Dinge im Kommen, weiten sich welche aus. Die Luft selbst scheint sich zu verbessern. Es geht das Gerücht, daß ›King‹ MacGrath oder auch Jack, unterstützt von einigen Gesellschaftsgrößen, demnächst am Sheridan Square eine Kneipe eröffnen werde, und Jack setzt für alle, die es hören wollen, hinzu: »*Mit* Schankerlaubnis«.

George Newton wiederum plant, an demselben Platz ein Toy Theatre zu eröffnen. Newton macht bereits eine neue Zeitung, die für zwei Cents verkauft werden wird. Die erste Nummer soll im August erscheinen. Ja, so ist das – die Sonne läßt sich schließlich nicht dadurch ausknipsen, daß man auf ihren Schatten spuckt.

Und unsere Ateliers? Unsere Wohnhäuser? Das Judson auf der Südseite des Platzes, das Holly Hotel, das Earle Hotel, das Washington; das gelobte Gebäude, wo jetzt die Sodaquelle des Village und Guido Brunos Dachkammer stehen. Die Washington Mews sind bereits teilweise abgerissen worden, um erneut zu erstehen. Und in der jüngsten Geschichte des Louis' am Sixty Washington Square South – was ist daraus geworden? Man bewahrt sein Andenken, wie nur das einer toten Frau oder das eines einstigen Gasthauses bewahrt werden kann; das eine, weil es das Herz nicht losläßt, das eine, weil es sich im Kopf eingegraben hat. Louis' hatte nicht nur Louis, sondern auch noch Christine, eine Frau, die, entstammte sie nicht diesem Jahrhundert, eine gewaltige, gewichtige Göttin gewesen wäre, deren schiere Gegenwart Gerechtigkeit ohne Worte bedeutet hätte. Louis' wurde dichtgemacht, weil es ohne Schankerlaubnis auskam. Vielleicht war das einer seiner Reize! Alkoholische Getränke waren dort nicht einfach nur alkoholische Getränke, sie waren *freier* Wein.

Und dann ist da der Candlestick Tea Room und das Gonfarone, und da sind die Red Lamp, Mori's und Romano's, der Red Star und Mazzini's.

Und so seid doch nicht so streng mit uns, ihr aus der Außenwelt, und vor allem untersteht euch, uns zu bemitleiden – uns rechtschaffene Menschen. Wir haben alle normalen Annehmlichkeiten, wie sie auch die übrige Welt besitzt, und wir haben noch etwas viel Wertvolleres: Männer und Frauen, in deren Augen ein neues Licht glimmt oder auf deren Stirn der Abglanz einer unsichtbaren Herrlichkeit liegt.

Seltsame Gewohnheiten

Aller et retour

Unter den Fahrgästen im Zug von Marseille nach Nizza war eine Frau von großer Kraft.

Sie war weit über vierzig und ein bißchen oberlastig. Sie war enggeschnürt, so daß die Korsettstangen sich bei jedem Atemzug bogen, und bei jedem Atemzug und jeder Bewegung erklirrten auch die klobigen Glieder ihrer vielen goldenen Ketten, während das Klicken derbgefaßter, großer Steine ihre leichteren Gesten unterstrich. Von Zeit zu Zeit hob sie eine langstielige Lorgnette vor die häufig zwinkernden Augen und spähte in die Landschaft hinaus, die hinter dem Rauch des Zuges verschwamm.

In Toulon zog sie das Fenster herunter und lehnte sich hinaus, um nach Bier zu rufen, und der Cul de Paris ihres hüftengen Rockes ragte steil über den hochgeschnürten hellbraunen Stiefeln auf, die wohlgeformte Beine in rosawollenen Strümpfen umspannten. Sie lehnte sich zurück, trank ihr Bier mit Genuß und fing derweil die Erschütterungen ihres Körpers auf, indem sie die kleinen molligen Füße fest gegen den Gummibelag des Bodens stemmte.

Sie war Russin, eine Witwe. Ihr Name war Erling von Bartmann. Sie lebte in Paris.

Bei der Abfahrt in Marseille hatte sie ein Exemplar von *Madame Bovary* erstanden, und das hielt sie nun mit leicht angehobenen, abgewinkelten Ellenbogen in den Händen.

Mit Mühe las sie ein paar Sätze, dann legte sie das Buch auf den Schoß nieder und schaute auf die vorbeiziehenden Hügel hinaus.

Nach ihrer Ankunft in Marseille überquerte sie gemächlich die schmutzigen Straßen, den gebufften Rock bis weit über die Stiefel geschürzt, und wirkte dabei gleichzeitig umsichtig und geistesabwesend. Die dünne Haut ihrer Nase erbebte, als sie die üblen Gerüche der engeren Gassen einsog, doch war ihr weder Vergnügen noch Mißvergnügen anzumerken.

Sie lief die steilen, engen, abfallübersäten Straßen hinauf, die vom Hafen ausgehen, und blickte abwechselnd starr nach links und nach rechts, mit einem Blick, dem nichts entging. Eine derbe Frau lümmelte sich breitbeinig in der Tür zu einem einzelnen Zimmer, das mit einem hochbeinigen, rostigen Eisenbett vollgestellt war. Sie hielt einen Hahn und rupfte ihn beiläufig mit einer riesigen Hand. Die Luft hing voller schwebender Federn. Sie hoben und senkten sich über Mädchen, die unter ordinären dunklen Ponyfransen hervorzwinkerten. Madame von Bartmann setzte achtsam Fuß vor Fuß.

Vor einem Schiffslieferanten blieb sie stehen und sog den scharfen Geruch geteerter Taue ein. Sie nahm mehrere kolorierte Postkarten von ihrem Ständer, auf denen Frauen beim Baden zu sehen waren oder auch fröhliche Matrosen, die sich mit verschmitztem Blick in falscher Treuherzigkeit über vollbusige Sirenen beugten. Madame von Bartmann berührte die Satinstoffe vulgärer, grellfarbiger Bettüberwürfe, die in einem Seitengäßchen zum Verkauf auslagen. Ein Fenster voller Fliegendreck, staubig und von Sprüngen durchzogen, stellte einen stufenförmigen Aufbau von Trauerkränzen zur Schau, die aus weißen und magentaroten Perlen gewunden und von Abbildungen des Blutenden Herzens eingerahmt waren, diese wiederum aus Blech gehämmert und in blattsilberne Flammen gefaßt und das Ganze gestrandet auf einer Brandung aus Spitze.

Sie kehrte in ihr Hotelzimmer zurück und löste vor dem Spiegel in der hohen Schranktür die Nadeln aus Hut und Schleier. Um die Stiefel aufzuschnüren, setzte sie sich in einen von acht Lehnstühlen, die mit millimetergenauer Präzision an den beiden gegenüberliegenden Wänden aufgereiht standen. Die dicken Samtvorhänge mit ihren üppigen Falten sperrten die Geräusche des Hofes aus, auf dem Tauben verkauft wurden. Madame von Bartmann wusch sich die Hände mit einem großen Oval gewöhnlicher roter Seife und trocknete sie ab, während sie nachzudenken versuchte.

Am Morgen plante sie, auf derbem Leintuch zwischen dem Mahagoni von Kopf- und Fußteil sitzend, den weiteren Verlauf ihrer Reise. Für den Zug war es noch zwei oder drei Stunden zu früh. Sie zog sich an und ging aus. Als sie auf eine Kirche stieß, trat sie ein und streifte langsam die Handschuhe ab. Es war dunkel und kalt, und sie war allein. Zwei Öllämpchen brannten zu beiden Seiten der Figuren des Hl. Antonius und des Hl. Franziskus. Sie legte ihren Lederbeutel auf einer Bank ab und ging in eine Ecke, wo sie niederkniete. Sie drehte die Steine ihrer Ringe nach innen und legte die Hände so aneinander, daß das Licht durch die kleinen Finger hindurchschien. Sie hob die Hände und betete mit der ganzen Kraft der Erkenntnis um eine gewöhnliche Vergebung.

Sie stand auf und spähte umher, verärgert, weil vor dem Allerheiligsten keine Kerzen brannten – und befühlte dabei den Stoff der Altardecke.

In Nizza löste sie einen Omnibusfahrschein zweiter Klasse und erreichte etwa um vier Uhr den Stadtrand. Mit einem großen Eisenschlüssel öffnete sie das hohe, verrostete Eisentor eines privaten Parks und schloß es wieder hinter sich.

Die Allee der blühenden Bäume mit ihren wohlriechenden Blütenschalen, das Moos, das die geborstenen Pflastersteine umsäumte, die heiße, muskatduftende Luft, das unablässige Flügelrascheln unsichtbarer Vögel – das alles verwob sich zu einem Gewirr tönender Muster, heller wie dunkler.

Die Allee war lang und verlief schnurgerade, bis sie zwischen zwei wuchtigen Tonkrügen, aus denen sich stachelgespickte Arme von Kakteen emporwanden, eine Kurve machte, und gleich dahinter erhob sich das Haus aus Stuck und Stein. Von den Läden, die auf die Allee hinausgingen, war keiner offen, wegen der Insekten, und Madame von Bartmann schritt, immer noch mit gerafften Röcken, langsam neben das Haus, wo eine langhaarige Katze wohlig in der Sonne lag. Madame von Bartmann schaute zu den Fenstern hinauf, deren Läden nur halb geschlossen waren, und blieb stehen, überlegte es sich dann jedoch anders und nahm den Weg in das Gehölz im Hintergrund des Hauses.

Das tiefe, durchdringende Gesumme krabbelnder Insekten verstummte, wo sie, mit Bedacht, den Fuß hinsetzte, und sie wandte den Kopf und schaute in die versprengten Tupfer Himmel hinauf.

Sie hielt immer noch den Schlüssel in der behandschuhten Hand, und das siebzehnjährige Mädchen, das aus dem Gebüsch trat, nahm ihn ihr ab, als es neben ihr herzulaufen begann.

Das Kind trug noch kurze Röcke, und das Rosa seiner Knie hatte vom Staub des Unterholzes einen Stich ins Graue angenommen. Eichhörnchenfarbenes Haar teilte sich leuchtend auf seinem Kopf und stieg zu den Läppchen der schmalen Ohren hinab, wo es von einem verblichenen grünen Band zusammengehalten wurde.

»Richter!«, sagte Madame von Bartmann (ihr Gatte hatte einen Jungen gewollt). Das Kind legte die Hände auf den Rükken, ehe es antwortete.

»Ich war draußen, auf den Feldern.«

Madame von Bartmann setzte ihren Weg fort, ohne zu antworten.

»Hast du in Marseille Station gemacht, Mutter?«

Sie nickte.

»Wie lange?«

»Zweieinhalb Tage.«

»Wieso zweieinhalb?«

»Die Züge.«

»Ist das eine große Stadt?«

»Nicht sehr groß, aber schmutzig.«

»Gibt es da irgendetwas Schönes?«

Madame von Bartmann lächelte: »Das Blutende Herz – Matrosen …«

Sie gelangten alsbald aufs freie Feld, und Madame von Bartmann raffte ihren Rock und setzte sich auf einen Erdhügel, der warm war von sonnenbeschienenem Gras.

Das Kind ließ sich mit der Gelenkigkeit seiner Jugend neben ihr nieder.

»Bleibst du jetzt zu Hause?«

»Eine ganze Weile.«

»War Paris schön?«

»Paris war Paris.«

Das Kind verstummte. Es begann, am Gras zu zupfen.

Madame von Bartmann zog die hellbraunen Handschuhe aus, die an der Daumenspitze aufgeplatzt waren, und schwieg einen Augenblick, ehe sie sagte: »Tja, nun, wo dein Vater tot ist …«

Die Augen des Kindes füllten sich mit Tränen. Es senkte den Kopf.

»Kehre ich eilenden Fußes zurück«, fuhr Madame von Bartmann gutmütig fort, »um mein Fleisch und Blut in Augenschein zu nehmen. Schau mich einmal an«, setzte sie hinzu und hob das Kinn des Kindes auf dem Handteller ein wenig zu sich empor. »Zehn, als ich dich das letztemal gesehen habe, und jetzt bist du eine Frau.« Mit diesen Worten ließ sie das Kinn des Kindes wieder sinken und zog ihren Handschuh wieder an.

»Komm«, sagte sie, »ich habe das Haus schon seit Jahren nicht mehr gesehen.«

Während sie die dunkle Allee hinaufliefen, sprach sie.

»Steht die schwarze Marmorvenus noch in der Halle?«

»Ja.«

»Leben die Stühle mit den geschnitzten Beinen noch?«

»Nur noch zwei. Letztes Jahr hat Erna einen kaputtgemacht, und im vorletzten Jahr …«

»Ja?«

»Habe ich einen kaputtgemacht.«

»Wenn Kinder größer werden«, bemerkte Madame von Bartmann dazu. »Na schön. Ist das große Bild noch da, das über dem Bett?«

Das Kind sagte kaum hörbar: »Das ist mein Zimmer.«

Madame von Bartmann zog erneut die Handschuhe aus, nahm die Lorgnette von ihrem Busen, hob sie vor die Augen und betrachtete das Kind.

»Du bist sehr dünn.«

»Ich bin doch im Wachstum.«

»Ich bin auch mal gewachsen, aber eher wie eine Taube. Nun ja, eine Generation kann nicht genau wie die andere sein. Du hast das rote Haar deines Vaters. Das«, sagte sie unvermittelt, »war ein schrulliger, verrückter Kerl, dieser Herr von Bartmann. Ich bin nie dahintergekommen, was wir eigentlich miteinander im Sinn hatten. Was dich angeht«, setzte sie hinzu, indem sie ihre Lorgnette zusammenklappte und die Handschuhe wieder anzog, »muß ich erst einmal sehen, was er aus dir gemacht hat.«

Am Abend in dem wuchtigen Haus mit den wuchtigen Möbeln beobachtete Richter ihre Mutter, wie sie, immer noch in Hut und getüpfeltem Schleier, auf dem ausladenden blanken Flügel spielte, hoch oben hinter dem Terrassenfenster. Es war ein Walzer. Madame von Bartmann spielte schnell, temperamentvoll, ihre juwelenbesetzten Finger sprühten Funken über die Tasten.

Im Dunkel des Gartens lauschte Richter Schubert, der die Lichtbahn der Fensteröffnung herabgeströmt kam. Dem Kind war jetzt kalt, und es erschauderte in dem langen Mantel, der die Kühle seiner Knie streifte.

Nach einem *finale* in der Manier der großen Oper schloß Madame von Bartmann schwungvoll den Flügel und trat einen Augenblick auf die Terrasse hinaus, wo sie die Luft einsog und die klobigen Glieder ihrer Kette befühlte, während ihr die Insekten waagerecht vor dem Gesicht hin- und herschossen.

Kurz danach kam sie in den Garten hinaus und setzte sich auf eine Steinbank, die Wärme verströmte.

Richter stand ein paar Schritte von ihr entfernt, näherte sich nicht und sagte auch nichts. Madame von Bartmann begann, obwohl sie das Kind gar nicht sehen konnte, zu sprechen, ohne sich dabei umzudrehen:

»Du warst immer hier, Richter?«

»Ja«, antwortete das Kind.

»In diesem Park, in diesem Haus, mit Herrn von Bartmann, den Hauslehrern und den Hunden?«

»Ja.«

»Sprichst du Deutsch?«

»Ein bißchen.«

»Laß mal hören.«

»Müde bin ich, geh' zur Ruh.«

»Französisch.«

»O nuit désastreuse! O nuit effroyable!«

»Russisch?«

Das Kind antwortete nicht.

»Ach!«, sagte Madame von Bartmann. Dann: »Warst du in Nizza?«

»Oh ja, schon oft.«

»Und was hast du dort gesehen?«

»Alles!«

Madame von Bartmann lachte. Sie beugte sich vor, den Ellenbogen auf das Knie, das Gesicht in die Handfläche gestützt. Ihre Ohrringe kamen zur Ruhe, das Summen der Insekten war deutlich und sanft; der Schmerz lag noch brach.

»Früher einmal«, sagte sie, »war ich ein Kind wie du. Dikker, gesünder – aber eben doch wie du. Ich mochte schöne Dinge. Allerdings«, setzte sie hinzu, »andere als du, stelle ich mir vor. Dinge, die lebensbejahend waren. Ich ging abends gern aus, nicht, weil der Abend süß und üppig war – sondern um mich zu ängstigen, weil ich das alles erst so kurze Zeit kannte und es nach mir noch so lange existieren würde. Doch das …«, unterbrach sie sich, »ist nicht entscheidend. Erzähl mir, wie du dich fühlst.«

Das Kind im Schatten bewegte sich. »Ich kann nicht.«

Madame von Bartmann lachte wieder, brach dann jedoch abrupt ab.

»Das Leben«, sagte sie, »ist schmutzig. Und beängstigend ist es ebenfalls. Es enthält einfach alles: Mord, Schmerz, Schönheit, Krankheit – Tod. Weißt du das?«

Das Kind antwortete: »Ja.«

»Woher weißt du das?«

Das Kind antwortete abermals. »Ich weiß nicht.«

»Siehst du!«, fuhr Madame von Bartmann fort, »du weißt nichts. Du mußt *alles* wissen und *dann* beginnen. Du mußt ein ungeheures Verständnis haben, oder du fällst. Pferde tragen dich geschwind aus der Gefahr; Züge bringen dich dorthin zurück. Gemälde versetzen dem Herzen einen tödlichen Stich – sie hängen über einem Mann, den du liebtest und vielleicht in seinem Bett ermordet hast. Blumen betrüben das Herz, weil ein Kind in ihnen begraben wurde. Musik treibt uns in das Grauen der Wiederholung. Die Kreuzwege sind dort, wo die Liebenden Schwüre ablegen, und die Schenken sind für die Diebe da. Nachdenken führt zum Vorurteil, und Betten sind Felder, auf denen Säuglinge eine aussichtslose Schlacht schlagen. Weißt du das alles?«

Aus dem Dunkel kam keine Antwort.

»Der Mensch ist verderbt von Anbeginn«, fuhr Madame

von Bartmann fort, »verderbt von Tugend und Laster. Er wird von beiden erdrosselt und zunichte gemacht. Und Gott ist das Licht, das das sterbliche Insekt entzündet hat, um sich ihm zuzuwenden und an ihm zu sterben. Das ist sehr weise, doch man darf es nicht mißverstehen. Ich will nicht, daß du über irgendeine Hure in welcher Straße auch immer die Nase rümpfst; bete und wandle und vergehe, doch ohne Vorurteil. Ein Mörder mag weniger Vorurteile haben als ein Heiliger. Manchmal ist es besser, ein Heiliger zu sein. Halt dir nichts zugute auf deine Gleichgültigkeit, solltest du von Gleichgültigkeit gepackt werden, und«, sagte sie, »mißversteh den Wert unserer Leidenschaften nicht. Er ist nur die Würze des ganzen Grauens. Ich wünsche mir – « Sie sprach nicht zu Ende, sondern nahm ruhig ihr Taschentuch heraus und trocknete sich schweigend die Augen.

»Was?«, fragte das Kind aus der Dunkelheit.

Madame von Bartmann erschauderte. »Denkst du denn etwas?«, sagte sie.

»Nein«, antwortete das Kind.

»Dann *denke*«, sagte Madame von Bartmann laut und wandte sich dem Kind zu. »Denk alles, Gutes, Schlechtes, Gleichgültiges, alles, und *tu* alles, *alles*! Versuch herauszufinden, was du bist, ehe du stirbst. Und«, sagte sie, indem sie den Kopf zurücklegte und mit geschlossenen Augen schluckte, »komm als wohlgeratene Frau wieder zu mir.«

Dann stand sie auf und entfernte sich die lange Seitenallee hinab.

Am selben Abend zur Schlafenszeit rief Madame von Bartmann, die sich, rüschenbesetzt und lavendelduftend, bereits in einem Bett mit leinenem Rosenbaldachin zusammengerollt hatte, durch die Vorhänge hindurch:

»Richter, kannst du klavierspielen?«

»Ja«, antwortete Richter.

»Spiel mir etwas vor.«

Richter hörte, wie ihre Mutter sich wohlig und schwer im Bett herumdrehte.

Die dürren Beine nach den Pedalen gereckt, spielte Richter mit magerer Technik und leichtem Anschlag etwas von Beethoven.

»Bravo!«, rief ihre Mutter, und sie spielte noch etwas, und

diesmal blieb es still im Himmelbett. Das Kind schloß den Flügel und zog den Samt über das Mahagoni, machte das Licht aus und trat, immer noch in seinem Mantel fröstelnd, auf die Terrasse hinaus.

Nach ein paar Tagen, während derer sie ihr mit scheuer, verängstigter und verletzter Miene ausgewichen war, trat Richter in das Zimmer ihrer Mutter. Sie sprach ohne Umschweife und beschränkte sich auf wenige Worte:

»Mutter, mit deiner Einwilligung würde ich gern meine Verlobung mit Gerald Teal bekanntgeben.« Ihr Auftreten wirkte gezwungen. »Vater schätzte ihn. Er kannte ihn schon Jahre. Wenn du erlaubst …«

»Allmächtiger!«, rief Madame von Bartmann und fuhr auf ihrem Stuhl herum, »Wer ist das denn? Wie ist er denn?«

»Er ist bei der Regierung angestellt. Er ist jung …«

»Hat er Geld?«

»Ich weiß nicht. Vater hat sich darum gekümmert.«

In Madame von Bartmanns Zügen mischten sich Bestürzung und Erleichterung.

»Also gut«, sagte sie, »ich möchte euch beide um Punkt acht Uhr dreißig zum Abendessen sehen.«

Um Punkt acht Uhr dreißig saßen sie beim Abendessen. Madame von Bartmann, die am Kopf des Tisches saß, hörte sich an, was Mr. Teal zu sagen hatte.

»Ich werde mein Bestes tun, um Ihre Tochter glücklich zu machen. Ich bin ein eher beständiger Mensch und auch nicht mehr allzu jung«, er lächelte, »ich habe ein Haus am Stadtrand von Nizza. Mein Einkommen ist gesichert –, ein wenig hat mir zudem meine Mutter hinterlassen. Meine Schwester ist meine Haushälterin. Sie ist eine unverheiratete Dame, doch sehr fröhlich und sehr gutherzig.« Er schwieg einen Augenblick und hielt sein Weinglas gegen das Licht. »Wir hoffen, bald Kinder zu haben –, Richter wird beschäftigt sein. Da sie zart ist, werden wir jährlich einmal verreisen, nach Vichy. Ich habe zwei sehr schöne Pferde und eine stabil gefederte Kutsche. Sie wird nachmittags ausfahren, wenn sie nichts anderes zu tun hat –, ich hoffe allerdings, daß sie zu Hause am glücklichsten sein wird.«

Richter, die zur Rechten ihrer Mutter saß, blickte nicht auf.

Binnen zwei Monaten hatte Madame von Bartmann erneut ihr Reisekleid angelegt, steckte den Kopf unter Hut und Schleier und zurrte ihren Schirm fest, während sie auf dem Bahnsteig stand und auf den Zug nach Paris wartete. Sie schüttelte ihrem Schwiegersohn die Hand, küßte ihre Tochter auf die Wange und stieg in ein Raucherabteil zweiter Klasse.

Sowie der Zug sich in Bewegung gesetzt hatte, zog Madame Erling von Bartmann langsam ihre Handschuhe durch die geschlossene Hand, von den Fingern bis zur Stulpe, und strich sie dann mit festem Griff über dem Knie glatt.

»Herrje, wie überflüssig.«

Saturnalien

Westindien hatte Mr. Menus endlich erwischt. Er hatte die Beacon Street und die Gesellschaft seiner Tante, Miss Kittridges, mit festen religiösen Überzeugungen, politischen Zielen und einer erfreulichen journalistischen Begabung verlassen. Mittlerweile litt er an *mañana*.

Nach zehn Jahren Kingston war er stellvertretender Chefredakteur einer erschlafften Lokalzeitung und der wahrscheinliche erste Anwärter auf ein baldiges Begräbnis.

In diesen Jahren war seine Tante in Europa gewesen; der Krieg führte sie zurück, allerdings zugegebenermaßen mit angegriffenen Nerven, so hatten ihre Brüder ihm geschrieben. Sie hatten sie vom Schiff abgeholt und sie eilends in ein Sanatorium irgendwo oben in den Bergen gesteckt. Sie war dort nur eine Woche geblieben. Er kannte seine Tante, straff, dünn, schweigsam. Er grinste, als er sich mit dem Taschentuch in den Kragen fuhr. Er hoffte, sie würde »es schon schaffen« (sie kam ihn gerade besuchen), würde es schaffen und davonkommen. Alle Nicht-Jamaikaner hoffen, daß eines Tages irgendwer »sämtliche Klippen umschifft« und die Flucht schafft. Er hatte allerdings nie jemanden kennengelernt, dem das gelungen war, das heißt, jedenfalls nicht auf die Weise, wie man es von ihm erwartete; es war immer eine kleine Malaise im Spiel, ein Sonnenstich, eine Hinneigung zum Okkultismus, ein Verlangen nach Walhall, ein Fleck im Unveränderlichen; Sterngucken, Teesatzdeuten. Er hatte Zweifel, ob Kingston nun genau das Ideale für eine Frau mit angegriffenen Nerven war. Er setzte seine Hoffnung in den heilsamen Zauber seines Gartens.

Die Eidechsen, die bei der Berührung des heißen Steins die Kehle aufbliesen, wandten das kalte Auge in die Richtung, wo auf der anderen Seite der Gartenmauer gemeinschaftlich Lateinisches hergesagt wurde. Im Ladies' Seminary (einer besseren Schule für die Töchter der britischen Offiziere und die Wohlhabenden) war gerade Unterricht. Jeden Nachmittag um Punkt fünf kamen die Mädchen unter dem Gewicht von Milton, Inferno und Common Prayer hocherhobenen Hauptes eine nach der anderen über den Rasen. Wenn sie zum Tee hineingingen, luden sie ihre Last am Eingang ab. Mr. Menus hoffte, sie würden seiner Tante gefallen.

Dann war da noch der alte Colonel Edgeback, der sich einen Mandarinenhain, einen planlos zusammengestückelten Bungalow, ein Tabakfeld und eine Eselherde gekauft hatte. Er schenkte seinen Eingeborenenbediensteten Nähmaschinen, um sie bei Laune zu halten, und für sich selbst hielt er einen hervorragend bestückten Keller, der aus nichts als Scotch bestand. Er sprach ständig davon, in die unvergleichlichen Cotswolds zurückkehren zu wollen. Was er niemals tun würde. Er wußte das; wenn er jedoch seinen Zitronensaft trank oder mit seinen Freunden einen Brandy Soda kippte, dachte er nun einmal gern daran. Dann waren da die Lieutenants Astry und Clopbottom und ihre Frauen mit unglücklicherweise je einem Kind. Eins spielte Gitarre, das andere trug eine Fliege in einer Flasche mit sich herum und trieb das sogenannte »Angelspiel«. Eine reichliche Handvoll junger Damen und gemeiner Soldaten beschlossen die Liste, und die vernünftige Mrs. Pengallis vom Dust Bowl leistete ihnen Gesellschaft. Sie hatte stählerne Stricknadeln.

Miss Kittridge kam an, hinter sich den Neffen mit ihrem himmelblauen Wochenendköfferchen, von dem gestochen scharf ihre Initialen leuchteten. Ein Schwarzer kam aus der Undurchdringlichkeit des hinteren Gartens hervorgeschossen und bemächtigte sich seiner. Miss Kittridge trug ein seidenes Jugendstiltuch und einen Band der Briefe Madame de Lafayettes. Sie nickte erst dem bevölkerten Garten zu und dann der Gruppe südamerikanischer Mädchen, die wie ihr eigener Schatten wirkten, wie sie da unter dem Schnalzen der Limettenblätter die Köpfe zusammensteckten. Miss Kittridges Schleier floß von einem honigfarbenen Basthut herab, auf dem, über zartgeschwungenen Augenbrauen, mit gespreizten Flügeln ein Vogel hockte. Unter seiner Brust, die zu einem stummen Trillern ausgestopft war, glitzerten die Funkensplitter einer Diamantnadel. Sie setzte sich in den Sessel, den ihr Neffe mit der ruckenden Bewegung für sie heranschob, die einem bei niedrigem Blutdruck vorwärtsgetriebenen Gegenstand eigen ist. Während der Gesprächspausen konnte man das dunkle Geräusch tropfenden Wassers hören, das auf einen steinernen Katafalk aufschlug – die Wanne im Badehaus.

Der flaumige Gitarist, der unter Unsicherheit litt, verhedderte sich bei dem Versuch, ein Empfangsständchen zu spielen, vor Übereifer in den Saiten seines Instruments. Eine riß und schnellte mitsamt dem eben angeschlagenen, ersterbenden ›G‹ in die Höhe. Der Zucker landete in Miss Kittridges Schoß. »Danke«, sagte sie mit einer Stimme, aus der der Schreck jeden Vorwurf getilgt hatte, »Danke«.

Ohne das Vorstellungsritual abzuwarten, beugte Mrs. Astry sich vor.

»Das kleine Scheusal hat seine Fliege mitgebracht.« Sie zwinkerte vielsagend in Richtung des jungen Clopbottom, der, tief in sein Angelspiel versunken, das Gesumme seiner Gefangenen gar nicht mitbekam.

»Wirklich?« sagte Miss Kittridge.

»Möchten Sie vielleicht mit den anderen bekannt gemacht werden?« fragte eine junge Dame, die links von Miss Kittridge auf dem Rasen saß. Sie blickte kichernd zu Mr. Menus hinüber, der vergessen hatte, die Honneurs zu machen. Das vergaß er immer. »Mrs. Pengallis (Mr. P. ist dort drüben – er wird nicht mitberücksichtigt), Colonel Edgeback, Lieutenants Astry und Clopbottom (samt Gören), Señorita Carminetta Conchinella, Mrs. Beadle, Mr. Pepper … und Sie sind Miss Kittridge? Hoppla!« sagte sie und verhinderte gerade noch, daß ihr die Tasse von der Untertasse glitt, die sich am Ende ihres gestikulierenden Arms befand. »Ist ja auch egal!«

»Cecilia!« sagte jemand, doch war das ein tonloser Ausruf. Es war so warm.

Lieutenant Astry bot dünngeschnittenes Brot mit Guavengelee an. »Ich hoffe, Sie sind an die Trägheit gewöhnt. Wie war denn Paris?«

Miss Kittridge wandte ihm ihr schmales hübsches Gesicht zu. »Ja, Paris, doch das ist schon einige Wochen her. Ich war danach in den Bergen oben; da fing es gerade an zu tauen; die Skiläufer fielen auf die Nase, konnten sich nicht auf den Beinen halten, Matschwoche. Die Männer in den Bergen haben Sodiumbichlorid in die Wasserrohre geschüttet; das schneidet ins Eis.« Sie schaute in den Himmel hinauf. »Schneidet wie ein Messer.« Die blasse Haut zitterte unter der Anstrengung ihres Knochengerüsts. »Sanatorium«, sagte sie ruhig und ohne Verlegenheit. Die anderen fühlten sich beruhigt und hilflos zugleich.

Das Gesumm der Fliege drang zu Miss Kittridge und zugleich das Geräusch von Blättern, die an ihren Stengeln auf und ab wehten. Nach dem *Idioten,* dachte sie, hätte es niemals wieder eine andere Fliege geben sollen. Das grauenhafte Kind schrie auf einmal: »Fang-den-Fisch!« Mr. Pengallis, dessen Profil vom breiten Band seines Kneifers verdunkelt wurde, schreckte zusammen. In diesem Augenblick stürmte Sir Basil Underplush in den Garten. Er war ein alter, bevorzugter Freund, der nach einem gelegentlichen Jagdausflug in Schottland doch irgendwie jedesmal wieder nach Jamaika und in den übermäßig gepolsterten Sessel mit der Ziernaht zurückkehrte, den Mr. Menus ihm immer zusammen mit dem Teetablett in den Schatten rollte. Sir Basil war mit der Kompilierung der Heldentaten seines Ururgroßvaters (der in Indien gedient hatte) beschäftigt gewesen, eine Aufgabe, die ihm durchaus Vergnügen bereitet hatte, doch beglückte es ihn noch mehr, daß er sich selbst seine altschottische Dudelsackweise komponiert hatte. Angeblich »konnte er teuflisch gut Dudelsack spielen«, trotz Kurzatmigkeit und Nationalgetränk. Die Eingeborenen erblickten in ihm eine Art *buckra* oder bösen Geist – wegen seines Kilts und der bloßen Knie. Jetzt eben watete er durch die Vanillepflanzen zu seinem Sessel.

»Verdammt nochmal!« sagte er, während er sich erleichtert fallen ließ. »Warum nicht was völlig anderes! Warum Tiere, immer Tiere?« Er langte nach dem Siphon. »Warum nicht ein gebutterter Brotlaib, der einem, sagen wir, vor Augen schwebt; eine Vision des glücklichen Albion – warum immer Tiere?«

»Schlechte Nacht gehabt?« forschte Mr. Menus zaghaft.

»Sehr schlechte. Und immer rosa. Warum rosa? Ich muß ergründen, warum rosa, warum nicht etwas völlig anderes.«

»Wieso denn gebuttert?« fragte Mrs. Pengallis und ließ die Nadeln klappern.

Sir Basil blickte sie an. Er war ein schwerer Mann und litt entsprechend. »Ich benutze dies Wort mit Bedacht, Madame, ein trockener Knust ist mir zuwider.«

»Brotknust?«

Mr. Pepper (der spinnenhafte kleine Angestellte eines

Gemüseladens) nieste. Er war über dem Anblick von Sellerie neurotisch geworden, und mittlerweile litt er an Kriegsangst und Hautausschlag. Unaufhörlich schob er die Hände ineinander, als mische er Karten. »Das Leben ist schrecklich. Ich fühle mich ständig unwohl – ständig.«

Sir Basil grunzte, ein volles, destilliertes Grunzen. »Versuchen Sie's mit Ihren Vorfahren, schreiben Sie's auf, das wird Ihnen den Kopf zurechtrücken. Erproben Sie Ihre Hand an Ihrem Großvater – ich nehme doch an, Sie hatten einen.«

Mr. Peppers Ausdruck veränderte sich. »Ehrlich gesagt, ich weiß es nicht.«

»Keine Vögel – wieso eigentlich nicht?« fuhr Sir Basil fort. »Warum bloß seit den Anfängen des Menschen und dem ersten aufmunternden Schluck immer nur Vierfüßler?« Er brachte sein Glas zum Kreiseln. »Warum nicht die Nachteule, die Nachtweihe, die Nachtigall? Schlimmstenfalls auch der Kiebitz, die Lerche, aber wirklich, warum nicht die Nachtigall? Ich bevorzuge die Nachtigall.«

»*Warum* mußte dieser Vogel bloß so hoch hinauffliegen?« wollte Mrs. Pengallis wissen, »so weit hinauf, nur um mit Shelley im Mund wieder herunterzukommen?«

»Schnabel!« fuhr Sir Basil sie an, »Schnabel, verdammich!«

Mrs. Astry neigte sich zu Miss Kittridge. »Wir nennen ihn den Bienenkorb«, flüsterte sie, »hat das gesamte Alphabet hinter seinem Namen herschwärmen, seine ganzen Orden und Auszeichnungen, Sie wissen schon, Knight of the Bath und Hosenband und emeritierter Professor und was nicht noch alles.«

»Es läßt sich aushalten hier, sobald man sich an den Tee gewöhnt hat«, sagte Mr. Menus zu seiner Tante. Mit einem Nicken wies er auf die Miliz. »Nach dem Abendessen gibt's Billard, und die Eingeborenen singen ihr *wahoo,* und die Damen nähen ein bißchen. Die Hitze kümmert sich so ziemlich um alles ... Rankünе, Tollheit, Ehrgeiz und Verdammnis.«

Miss Kittridge sagte: »Ich habe gehört, weiter oben gibt's eine Menge Ex-Patrioten, die Ackerbau und Viehzucht treiben. Sie seien sehr zufrieden und stolz darauf. Sie gäben alle Gesellschaften, bei denen sie die Milch in Cocktailgläser melken.«

Señorita Carminetta Conchinella wiegte ihren kleinen

Hintern auf ihrer schwarzen Mantilla. »Die Amerikaner finden Gott und das Leben ziemlich schwierig, stimmt das nicht?« Sie wandte Mr. Menus ihren dunklen, sanften, angestrengten Blick zu. »Ich laufe durch eure Krüger-Parks, sogar durch euren New Yorker Zoo, und sämtliche jungen Leute hört man über Psychiatrie und Zen und über Nervenkrankheiten sprechen, während die alten über Kuren und Heilungen reden und über Vergänglichkeit, und sie befinden sich dabei alle sehr wohl und sind wohlhabend und unglücklich. In meinem Land, da pflegt man allein vor Gott zu treten, nackt und ungebeten. Damit man nicht auf die Idee kommt, ihn um Gunstbeweise zu bitten … Das ist schön, so ist es gut – so kann auch Er ausruhen … Ihr Amerikaner aber, ihr ringt die Hände … wenn ihr müde seid oder es euch zu heiß ist. Es ist gut, wenn es heiß ist, das ist wie Weisheit. Es schlägt einem die Schädeldecke weg.«

Ein dünnes Lächeln zuckte Miss Kittridges Lider entlang. »Ja, ich weiß, ich bin gereist; jedes Land ängstigt sich auf andere Weise.« Sie schwieg einen Augenblick. »Als ich nach Amerika zurückkehrte, fand ich, daß die Menschen sich sehr seltsam benahmen … alle suchten nach irgend etwas … Zertrümmerten die alten Götter zu Hunderten von neuen Formen; versuchten, irgend etwas zu finden …«

»Haben ihre Murmel verloren, so sieht's nämlich aus«, sagte Mrs. Beadle laut atmend, »haben das Spielen so lange aufgeschoben, daß sie nicht wissen, wo sie anfangen sollen … Da schießen die Sanatorien und die Ismen wie die Pilze aus dem Boden …«

Die Schulleiterin traf ein, eine Reihe junger Damen hinter sich, alle in korrekter Haltung. Alle gingen gesittet, alle setzten sich artig, alle lächelten, als sie sich alle gleichzeitig über ihre Tassen beugten.

»Trinken Sie doch etwas«, sagte der Colonel und richtete sich dabei durchaus an jeden persönlich. »Ja, danke!«, sagte Mr. Pengallis, und die ängstliche Besorgnis, die der grauenhaften Jugend galt, wich aus seinem Gesicht. »Nur einen Tropfen.« »Nein, danke.« Der Chor setzte sich durch den ganzen Garten fort. »Später vielleicht«, sagte Miss Kittridge.

»Uff!« sagte das junge Mädchen vor einem zweiten Anlauf und brachte ihre Beine in eine bequeme Lage. »Wo wir gerade von Verrückten sprechen, ich habe jede Menge Freunde und Verwandte.« Sie setzte Tasse und Untertasse neben sich im Gras ab, griff den linken Daumen mit der rechten Hand und begann mit gesenktem Kopf zu zählen.

»Ein Argument mehr für die Public School«, sagte Sir Basil und drehte sein Glas. »Wir Briten schwitzen das aus.«

»Meine Großmutter kannte Ann Besant«, sagte Miss Kittridge und ihre Stimme schien von weither zu kommen, »ehe sie diesen neuen Messias großgezogen hat. Doch nun ist sie tot, meine Großmutter, meine ich, und er ist ab durch die Mitte, so daß jetzt alle Mandolinen schweigen und nichts mehr unter Levitation zu leiden hat.« Sie wandte sich um und blickte in die Luft mit ihrem Insektengesirre. »Mir gefiel es besser, als Rasputin nicht getötet werden *konnte*; mir gefiel es besser, als Romulus und Remus den Kopf in den Nacken gelegt hatten; mir gefiel es besser, als die Römer ihre Kleider tauschten; als die Araber den Ramadan einhielten, ihre Sammlung von Großvateruhren beim Opfern von Widderhörnern mit in die Schlucht warfen.«

»Fortschritt«, sagte Lieutenant Clopbottom, »gegen den Fortschritt läßt sich nichts ausrichten.«

Mr. Menus rieb sich die Kuchenkrümel auf das Alpaka seiner Knie. »Ja, vermutlich, doch man muß ein solides Einkommen haben, ein absolut solides, wenn man anders sein will. Man kann nicht anders sein, es sei denn, man hat ein Geldpolster. Man kann der Länge nach im Rinnstein liegen«, sagte er, »und doch auf eigenen Füßen stehen, wenn Sie verstehen, was ich meine.« Er blickte besorgt.

»Es gefiel mir besser, ehe sie anfingen, Shakespeare und Bach auszuplündern.« Miss Kittridge ließ die Hände über ihre Handtasche gleiten. »Mir gefiel es besser, als die Pferde Hände hatten. Ich habe so eins im Britischen Museum gesehen. Hat mich an Beethoven denken lassen, warum, weiß ich nicht. Es ist hübsch, wenn man an alles auf einmal denken kann. Früher haben die das getan, in den alten Ländern.«

»Phantastisch«, rief der Colonel aus, »ein Pferd mit Händen! Das Pferd könnte uns jetzt auf der Stelle ein Menuett vorspielen!«

»In der Tat«, sagte Miss Kittridge, »das könnte es.«

»Wissen Sie, was ich glaube«, sagte das junge Mädchen im Gras, »ich glaube, dies ganze Gebrüte stopft den Leuten Tabus in die Köpfe, das finde ich, ehrlich gesagt.«

Miss Kittridge sagte: »Das meinten auch meine Brüder. Sie sind nie gereist, sie bleiben am selben Fleck (abgesehen natürlich von meinem Neffen hier), so bleiben sie geschäftlich am Ball, es lohnt sich nicht zu reisen, da lernt man doch nur Dinge kennen, von denen sie nicht gern etwas hören.«

»Ich fürchte, Miss Kittridge, Sie sind nicht auf der Höhe der Zeit«, sagte Sir Basil, und in seinen Augen blitzte es.

»Ach, mein Spätzchen, ach mein Schätzchen, mein angoraweiches Kätzchen!« jaulte der junge Herr Astry, die Gitarre auf dem Knie, das Gesicht himmelwärts erhoben.

Mrs. Pengallis ließ die Nadeln klappern und sagte: »Er mogelt sich man eben so durch; wenn seine Eltern kein Geld hätten, säße er in einem Käfig.«

Der Colonel leerte sein Glas und sagte: »Wahnsinn und Bösartigkeit verdanken wir der freien Erziehung.«

Mrs. Beadle sprang auf einmal aus ihrem Sessel hoch und rief: »Raus! Raus mit dir, Teufel!« Dann setzte sie sich ruhig wieder hin.

Alle fuhren zusammen, außer natürlich Mr. Menus. »Sei unbesorgt«, sagte er zu seiner Tante, »sie treibt bloß Teufel aus. Sie tut das höchstpersönlich mindestens einmal pro Tag, es lohnt sich für sie.«

»In Frankreich sparen sie Saiten«, murmelte Miss Kittridge, »und in Venedig singen sie ›Macht des Schicksals …‹ und in diesem Sanatorium in den Catskills haben sie mich gefragt, ob ich stricke.« Sie lächelte. »Ich war ans *Pflügen* gewöhnt.«

»Dem entnehme ich«, sagte Sir Basil und setzte sich in seinem Plüschsessel bequem zurecht, »daß Ihr Arzt nicht eben angenehm war.«

»Er mochte seine Arbeit«, sagte sie. »Er erklärte mir, der amerikanische Geist würde mit jedem Tag profitabler. Er sagte, wenn sein Haus dort oben nur groß genug wäre, könnte er jede Woche fünfundsiebzig profitable Hirne zur Strecke bringen. Ich würde meinen, er baut einen Flügel an. Eine der Schwestern spielt mit dem Gedanken, den Zeitungen eine Kolumne anzubieten, die die Liebeskummerspalte ablösen soll. Ihre eigene will sie nennen: Was meinen *Sie* dazu? Jedesmal, wenn ein neuer Blitzkrieg stattfindet, reibt der Chefarzt sich die Hände und sagt zur Bedienung: ›Legen Sie ein weiteres Gedeck auf.‹«

Mrs. Beadle klapperte wütend. »Da lob ich mir die Religion, besten Dank. Es muß ja gräßlich sein, wenn sie einem den Geist so zu Klump hauen.«

»Der Zusammenbruch ist eine der Bestimmungen der Amerikaner«, sagte Mr. Menus und ließ den Blick zu den Hügeln schweifen.

»Ich werd mich auch weiter an die Beichte halten«, fuhr die direkte Mrs. Beadle fort, »danke. Die löst einen langsam auf, mit den Jahren, das andere Zeugs macht die Menschen krank und stolz, als hätten sie einen Vulkan stillgelegt.« Sie schnaubte verächtlich.

Ein schwacher, tiefer Klagelaut war aus dem hinteren Garten zu hören, wo der Rauch des offenen Koksfeuers in einer dünnen, wabernden Fahne emporstieg.

Mr. Menus sagte: »Das ist nur Linny Lou, die es nach ihrer Rasse und Yamswurzeln verlangt.«

»Ich halte mich weiter an meine Kirche«, wiederholte Mrs. Beadle, »ich liebe Kirchen, wenn gerade eine Braut hineingeht oder eine Leiche herauskommt.«

Mrs. Astry seufzte. »Jaja, wir müssen eben irgendeinen Halt haben.«

Der Colonel schwenkte sein Glas: »An meinen Vorfahren haben sie Halt gefunden, an beiden Enden, indem sie sie nach dem Abschiedstrunk, dem schäumenden Pokal, dem Schlummertrunk, dem So-lebt-denn-wohl-lebenslustige-Herren ins Bett hinaufgeschafft haben. Muntere alte Herren des Goldenen Zeitalters, leicht angeknackst vom Plumps ins Unterholz.«

Das junge Mädchen auf dem Rasen stieß hervor: »Meine Schwester war eine Badminton-Kanone, und jetzt steigt sie in den Wäscheschrank, um sich zu konzentrieren.«

»Con declarar se eximió del tormento –«, murmelte Carminetta Conchinella, »Amerikaner ertragen alles, wenn sie nur einen Namen dafür haben.«

»Mir gefiel die Zeit besser, als die Nonnenklöster voller Affen waren, die zuviel schnatterten, und voller Papageien, die zuviel zu sagen hatten.«

Mrs. Pengallis räusperte sich verächtlich. »Und nun ist es der Heranwachsende, der an all solchem Zeug Vergnügen findet … Die schwirren in die Praxis des Psychiaters wie die Wespen.«

Mr. Menus rutschte unbehaglich hin und her. Körbe voller Tangerinen und Garnelen und ausgewrungener nasser Wäsche segelten jenseits der Gartenmauer auf den Köpfen von Negerinnen vorbei, die die Hände in die Hüften gestemmt hatten. Es war fast dunkel, und die Südamerikanerinnen entfernten sich schweigend und waren unter den still gewordenen Blättern kaum voneinander zu unterscheiden. Am Gartentor wandten sie sich um und verschwanden. Von irgendwoher kam das letzte Krähen eines sterbenden Hahns. »Die müssen sie direkt über dem Bratspieß töten«, sagte Mr. Menus behaglich, »das macht die Hitze, und die Butter kommt nur noch in Büchsen.« Er wandte sich mit besorgter Miene an seine Tante. »Du kannst hoffentlich Büchsenbutter essen?«

»Kann ich«, sagte sie. »Ich war an so vielen Orten, und keiner davon war seit Jahrhunderten mehr sicher. Ich bin nicht mehr an einem sicheren Ort gewesen, seit ich meine Einbildungskraft zu gebrauchen begann.« Sie schwieg einen Augenblick. »Da oben sagten die Ärzte: ›Gebt uns den Mittelstand, die sind jederzeit bereit, uns hemmungslos noch die wüstesten Sachen zu erzählen.‹«

»Bis zum heulenden Elend«, sagte Mrs. Pengallis. Sie wandte sich Miss Kittridge zu. »Gab es denn da auch einen richtigen Arzt, der sich darum gekümmert hat, daß die Bewegungen koordiniert sind und so weiter?«

»Oh ja, einen tadellos aussehenden Landarzt, gestreifte Hosen, nicht ganz die richtige Aufmachung, und Bowler, und er hatte eine kleine schwarze Tasche. Ich mußte mit geschlossenen Augen meine Nasenspitze berühren und mit kurzen Schritten eine gerade Linie laufen und mich nach hinten beugen, ohne zu fallen.«

»Und haben Sie das geschafft?«

»Aber gewiß doch. Er verließ das Zimmer, kam jedoch fast augenblicklich wieder zurück; er hatte meine Reflexe vergessen, meine Knie. Ich erklärte ihm, die seien in Ordnung – gegen die muß man nämlich mit der Handkante schlagen oder mit einem Hämmerchen. Ich erklärte ihm, sie funktionierten bestens, doch gegen eins hat er trotzdem geschlagen.«

»Und was passierte dann?« fragte Mrs. Beadle.

Miss Kittridge stand auf. Sie wandte sich Mrs. Beadle zu. »Ich hab ihm seinen Hut vom Kopf geschlagen«, sagte sie.

Der Brief,
der niemals abgeschickt wurde

Den ganzen Winter lang hatte Berlin von nichts anderem geredet als vom Charme, der unaussprechlichen Anmut und Schönheit der kleinen Wiener Tänzerin Vava Hajos. Zu Beginn der Theatersaison war sie wie der Blitz ins Publikum gefahren – ein wirbelndes Stücklein gefärbter Draperie, so flüchtig wie der Atemhauch eines Sterbenden auf einem Spiegel, durch den ihre Glieder hindurchschienen wie hinter dem Wolkenvorhang des Gedächtnisses. Ihr Kopf war eine einzige Masse üppig quellenden Haars, das sich mit sehnsuchtsvoller und dabei doch strahlender Ungebärdigkeit vom Halsansatz emporlockte und über hohen geschwungenen Brauen flammte. Und das allmähliche *rallentando* ihres Tanzes, das ihre Füße über die Bühne zog, als lägen sie, in wehrloser Schwäche, in irgendeinem zarten Phantomspinngewebe gefangen, hatte nicht nur das ganze tonangebende Berlin zum Rasen gebracht, sondern auch sämtliche Provinzgrößen und Kaufleute, die in jener Saison in die Stadt drängten.

Wenn sie aus dem Theater strömten, in dem sie auftrat, glitzerte die frostkalte Luft von ihren bewundernden Kommentaren. Ihr Mund, so riefen sie, sei vom warmen leuchtenden Scharlachrot einer Mohnblüte, das letzte ersterbende Zucken ihrer Hand ein Triumph der Ausdruckskunst und der Schönheit. »Niemals zuvor hat eine Hand«, daran konnte es für sie keinen Zweifel geben, »mit soviel *largo* Lebewohl gewinkt. Und dies äußerste Maß an Harmonie, das jede Linie ihres Körpers auszeichnet ...– die Schultern, schmal, wie sie sind, wirken sie doch straff und breit... Der feste, winzige Zylinder des Rumpfes, wie er sich zu Hüften verjüngt, um sich mit der Entrücktheit des Schlafes in Bein und Fessel aufzulösen, die wiederum ihren göttlichen Abschluß in einem Fuße finden, der der Springborn des Lebens selbst scheint.«

Beschwingt wie Vögel flatterten die Preisgedichte nächtens über die gestikulierenden Hände, die in freudiger Erregung gestrafften Schultern von Vavas anbetendem Publikum hinweg in die Luft hinauf.

Zwei der reichsten, edelsten, glühendsten unter all den anbetenden, flehenden Augenpaaren gehörten zwei Freunden, dem Baron Anzengruber und dem Vicomte Virevaude. Ihre ehrgeizigen Bemühungen, was sie betraf, waren unbestreitbar von der durchdachtesten Art, denn beide waren sie reich genug, um den Rhythmus selbst noch dieser unvergleichlichen Tänzerin ein wenig zu verschleppen, so schwer wog ihr Tribut an Perlen und eckigen Smaragden. Die Leidenschaft, die sie für sie empfanden, war vom Wahnsinn nicht weit entfernt. Sie durchschritten ihren jeweiligen Salon unter den marternden Peitschenhieben der Wenns, Abers und Vielleichts, die ihnen die Schuhsohlen zu Waffeln verschlissen und ihre Gefühle zu einer einzigen mißtönenden Verzweiflung; denn zu beider Liebeskrankheit kam noch die unerträglich dramatische Tatsache, daß diese rivalisierenden Liebhaber seit der Kindheit eng befreundet waren. Sie hatten auf demselben freiherrlichen Fußboden mit Murmeln gespielt, waren im Bois vom selben Pferd abgeworfen worden – denn ihre Familien hatten einander alljährlich besucht. Als sie das Mannesalter erreicht hatten, hatten sie einträchtig Verluste an der Börse erlitten und zu ihrer Zufriedenheit mit den besseren Rheinweinen spekuliert. Sie hatten jeder jeweils die Sprache des anderen erlernt, und der Baron bot den *Freund* für den *ami* des Vicomte. Sie hatten gemeinsam in Afrika gejagt und Glück und Unglück geteilt ..., und als die Jahre sich bemerkbar zu machen begannen, hatten sie in ihrem Lieblingsheilbad gemeinsam Glas um Glas gesunden Quellwassers getrunken. Ihre unverbrüchliche Treue zueinander war Legende geworden, ihre Freundschaft ein edles Bauwerk, das auf einen Felsen der Wahrhaftigkeit gegründet war.

Und nun war Vava Hajos in ihr Leben getreten. Und wo sie bislang Arm in Arm marschiert waren, mußten sie nun leise auftreten und auf die Zehen des anderen achtgeben; wo nichts als schlichtes Einverständnis geherrscht hatte, da wurde nun ein Zweifel, eine Frage geboren. Auf den friedvollen Pfad ihrer Freundschaft war der furchtbare Schatten der Rivalität gefallen. Sie liebten dieselbe Frau.

Strenggenommen hatte der Vicomte dem Baron gegenüber in der Vava-Sache einen Vorsprung von achtundvierzig Stunden. Er hatte sie zuerst gesehen, und die schlagartige

Verzauberung, die ihre Schönheit an ihm bewirkte, verstieg sich bis hin zu fünf Dutzend jener berühmten deutschen Rosen, die allzeit bereit scheinen, zur Ehre ihres Vaterlandes an ihren Stielen hinzuwelken.

Liebestrunken war der Vicomte an jenem Abend heimgetaumelt, um Vavas Schönheit Kerzen der Ekstase anzuzünden. Während er auf und ab schritt, versuchte er fieberhaft, Mittel und Wege zu ersinnen, wie er die Wertschätzung dieser ungekannten kleinen, dieser tanzenden Miszelle aus Gold und Elfenbein und schwebendem Tüll erringen konnte, deren Zauber so unfehlbar, so unsäglich mächtig war; denn da war etwas an der rhythmischen Hüftbeuge Vavas, das von verborgenen Dingen kündete, die vor langer, langer Zeit begangen worden waren, ehe Vater und Mutter auch nur den leisesten Verdacht schöpfen konnten.

Der Vicomte durchschritt seine Zimmer bis zum Morgengrauen. Und nahm am darauffolgenden Abend den Baron mit ins Theater, so daß er sich dies herrliche Mädchen anschauen konnte. Der Baron war zunächst skeptisch – doch als er Vava erblickte, packte ihn ein Schwindel, und sein Herz schlug so ungebärdig, daß er wie von einem Lachanfall geschüttelt wurde ... Doch er lachte nicht.

In der Pause saßen sie in ›den Zelten‹, tranken schwarzen Kaffee und rauchten Zigarren und sprachen von ihr, und ihr Loblied war zügellos, lyrisch, rokokohaft. Danach saßen sie die ganze Nacht beisammen vor den glühenden Scheiten des Barons, und der Morgen dämmerte fast, bis der Vicomte erkannte, daß der Baron nicht aus freundschaftlicher Anteilnahme von Vava sprach, sondern weil er selbst verliebt war.

Dann begann ein bezauberndes Tête-à-tête. Sie gestanden einander ihre Liebe ein, sie besiegelten sie mit einem Händedruck; sie waren gleichzeitig selig und zutiefst unglücklich. Keinem von beiden wäre es je in den Sinn gekommen, daß Vava selbst Gelegenheit hätte erhalten sollen, zwischen ihnen zu wählen, denn das ist so die Art reicher Herren mit Adelstitel, wenn die fragliche Dame ihren Rang nur Gott allein zu verdanken hat. Eine solche Schlacht von dreien wird immer von zweien ausgefochten. Doch was, so fragten sie sich selbst und einander, war in einem solchen Falle zu tun?

Sie sprachen freimütig darüber. Keine hinterhältigen,

heimlichen Manöver sollten die Reinheit der Freundestreue trüben. Sie waren Gefährten, Brüder ... Sie würden in dieser Sache gemeinschaftlich vorgehen.

Der Baron bestand darauf, daß sein Freund, da er Vava ja zuerst gesehen hatte, ein Anrecht auf den ersten Annäherungsversuch habe. Er selbst, sagte der Baron, würde es darauf ankommen lassen. Und als der Vicomte sich nach wackerem Protest schließlich dreingeschickt und zugestimmt hatte, stellte sich heraus, daß das in der Tat eine gescheite Lösung war. Denn am nächsten Tag erhielt er ein Telegramm, aus dem hervorging, daß seine betagte Mutter, die sich während eines vierzehntägigen Aufenthalts in Venedig eine Halskrankheit zugezogen hatte, eilends an ihren Wohnsitz in Südfrankreich zurückgekehrt war, dennoch aber jeden Moment das Zeitliche segnen konnte. Er beschloß, sofort abzureisen, und die wenigen noch verbleibenden Stunden in Berlin waren gleichermaßen der Sorge um seine Mutter wie der letzten verzweifelten Anstrengung gewidmet, das Zwillingsproblem von Freundschaft und Liebe zu lösen.

Der Baron, der den sehnlichen Wunsch hatte, die Betrübnis eines Freundes zu lindern, schwor, daß er während dessen Abwesenheit nicht den kleinsten Versuch unternehmen werde, Vava für sich zu gewinnen. Der Vicomte gelobte seinerseits, daß er jede Stunde seiner Reise unablässig bemüht sein werde, Vava um seines Freundes willen zu vergessen. Als der Zug sich in Bewegung setzte, lehnte er sich weit aus dem Abteilfenster und sagte:

»Unternimm nichts, darum bitte ich dich, teurer Freund, bis du von mir hörst. Wenn ich dir schreibe, dann bedeutet das, daß ich mein Herz um deinetwillen besiegt habe – daß es mir gelungen ist, sie zu vergessen. Wenn du statt dessen jedoch binnen zwei Wochen nichts von mir hörst, mußt du sie vergessen. Und ich glaube«, setzte er hinzu, und sein Blick umwölkte sich, »daß du jenen Brief erhalten wirst.«

Einmal im Süden angelangt, schäumte der Vicomte vor Wut. Er liebte seine Mutter, hielt ihr getreulich die Hand und freute sich, sie auf dem Wege der Besserung zu sehen, doch innerlich raste er über die ausgedehnte Trennung von Vava. Als die Tage vergingen, beunruhigte ihn überdies das Gefühl, sich an der Freundschaft, die ihn mit dem Baron verband, vergangen zu haben, treulos zu sein – denn die zwei Wochen waren mittlerweile abgelaufen, und er hatte den Brief nicht abgeschickt ... – jenes Zauberwort, das für seinen Freund Liebe und Glück, ja das Leben selbst bedeutet hätte. Wie gemein er doch war, wie so durch und durch unwürdig! Gemartert stellte er sich den Baron vor, wie er dort, stoisch und unbestechlich, an der Paradiesespforte ausharrte, gegen jede Versuchung gefeit, solange er nicht von seinem Freund gehört hatte.

Warum konnte er es nicht über sich bringen, den Brief zu schreiben? Ein halbes Dutzend Male hatte er es während der vergangenen zwei Wochen versucht, hatte er die Feder genommen, um zu schreiben: »Sie gehört Dir, mein lieber Baron ... Ich schenke sie Dir.« Doch jedesmal war er davor zurückgescheut und am Ende gescheitert. Er konnte den Brief nicht schreiben, er konnte es einfach nicht. Er wollte sie nicht aufgeben. Nach fünfzig Jahren der Freundschaft war er ein Geizhals geworden, der seinem teuersten Freund versagte, was ihm doch alles bedeutete ... Was für ein Mensch war er eigentlich? fragte er sich grimmig. Warum konnte er sein Glück nicht im Glück jener beiden finden? Er hatte doch versprochen, es zu versuchen, er hatte fast versprochen, daß es ihm gelingen werde – und nun konnte er es nicht.

Als die Stunde näherrückte, wo er wieder nach Berlin zurückkehren sollte, erreichte seine Verzweiflung ein solch tragisches Ausmaß, daß er händeringend auf einen Plan, einen Ausweg sann. Kam es denn jetzt, fünf Minuten vor zwölf, auf eine kleine Lüge an, wo es doch darum ging, den Freund zu retten? Wieviele Menschen griffen nicht zu dieser Art von Lüge, indem sie eilends Bestätigungsbriefe schrieben – nach all den Phantombriefen, die sie hätten schreiben sollen, jedoch nicht geschrieben haben. »Mein Lieber!« so riefen sie unter dem ungläubigen Auf und Ab der Feder, »willst Du behaupten, Du habest den Brief, den ich Dir vor einem Monat geschrieben habe, nie *bekommen*? Ich *habe* Dir aber geschrieben ...« Es war eine weiße Lüge, die bleiche, gemarterte Imitation einer Lüge. Weshalb sollte er jetzt nicht Gebrauch davon machen, indem er den Brief mit seiner Frage so absandte, daß der Baron ihn am Morgen des Tages, an dem er selbst in Berlin einträfe, erhalten würde?

Eilends schrieb er: »Mein lieber Freund, ist es möglich,

daß Du meinen Brief nicht erhalten hast …?« und setzte hinzu: »Ich treffe am Abend des 24. in Berlin ein. Besuch mich bitte unverzüglich.« Er versiegelte ihn mit einem schweren Siegel, schickte ihn ab und war zum erstenmal wieder froh.

Fiebernd vor Erregung traf er in Berlin ein. Sein Freund würde ihn in seiner Wohnung vor dem Kaminfeuer erwarten; und wenn er es richtig anstellte, seine Melancholie im richtigen Moment zur Geltung brächte, im rechten Augenblick dezent einen Seufzer des Bedauerns hören ließe, eine tragische Geste des Verzichts anzubringen wüßte, würde das den Baron so tief berühren, daß dieser gefühlvolle Mensch, da war er sich sicher, bestimmt einverstanden wäre, ach was – geradezu darauf bestehen würde, Vava ein zweites Mal aufzugeben, sie dem Freunde, dem Vicomte, wieder in die Arme zu werfen. Und der Vicomte wäre doppelt glücklich dran, denn da er ja durch alle Stationen der Opferbereitschaft gegangen war, würde er in den Augen seines Freundes nicht im geringsten an Ansehen verlieren. Es war ein scharfsinniger Plan von bestechender Schlichtheit.

Er schüttelte sich den Schnee vom Kragen, während er die Treppe zu seiner Wohnung hinaufrannte. Atemlos erkundigte er sich, ob der Baron schon da sei. Nein, so erfuhr er, es sei niemand da. Er trat in den Salon, wo sie zuletzt miteinander gesprochen hatten, goß sich einen Brandy Soda ein und schaute auf die Uhr. Es war noch früh – wahrscheinlich würde der Baron nicht vor halb elf eintreffen. Er hätte sogar noch Zeit, überlegte er, Vava einen Besuch abzustatten … doch nein. Das Ganze sollte ohne jeden Makel zu Ende geführt werden. Erst würde er mit dem Freund sprechen.

Er nahm sich seine Post vor – Rechnungen, ein Brief seines Schneiders wegen einer Anprobe … Dann erblickte er einen Brief, der von der Hand des Barons adressiert war und einen vier Tage alten Poststempel trug. Schlimmes ahnend, riß er ihn zitternd auf.

»Wann war je ein Mensch mit einem so noblen, so großzügigen Freund gesegnet!« schrieb der Baron. »Selbstverständlich habe ich Deinen Brief erhalten – er traf vor einer Woche ein, genau wie Du vorausgesagt hattest. Du bist ein wahrer Sportsmann, ein Held, ein Gentleman …, und Vava und ich umarmen Dich!«

Eine Nacht mit den Pferden

Bei Anbruch der Abenddämmerung im Sommer jenes Jahres kroch ein Mann im Abendanzug mit Zylinder und Stöckchen auf Händen und Knien durch das Gesträuch, das das Weideland des Bucklerschen Gutes säumte. Ihm schmerzten die Handgelenke von seinem Gewicht, und er setzte sich hin. Zudringliche Kletterpflanzen, wohin er auch blickte; sie erklommen die Bäume, die Zaunpfähle, sie waren überall. Er spähte durch das dichte Gewirr der Zweige und erblickte eine Gruppe weißstämmiger Birken, die vor der Dunkelheit schimmerten wie Zähne in einem Schädel.

Er konnte hören, wie das Tor in seinen Angeln knirschte, wenn der Wind dagegenschlug. Sein Herz bewegte sich mit der Erde. Ein Frosch ließ seinen quakenden, unwiederbringlichen Ruf hören; der Mann rang nach Atem, die Luft war drückend heiß, als berge er sich in einer Höhle des Erstaunens.

Er wäre gern eingenickt; stattdessen legte er jedoch Hut und Stöckchen neben sich, strich die Rockschöße unter sich glatt, legte sich flach auf den Rücken und wartete. Eine rasche Bewegung erschütterte den Boden. Unvermittelt begann er, warnend zu beben, und er fragte sich, ob das von seinem Herzen kam.

Weit weg blinkte eine Lampe im Fenster, als die Zweige gegen den Wind schwangen; der Geruch zerdrückter Gräser, der sich mit dem schwachen, beruhigenden Stallgeruch mischte, fächelte empor und verflüchtigte sich nordwärts.

Das Beben setzte sich fort, es lief unter seinem Körper hindurch und stürzte dann in die Erde hinab.

Er richtete sich auf. Er setzte den Hut auf den Kopf und stemmte den Rohrstock zwischen seinen gespreizten Beinen gegen den Boden. Jetzt spürte er nicht nur das Beben der Erde, sondern bekam auch das gedämpfte, hörnerne Geräusch von Hufen mit, die gegen die Grasnarbe schlugen, wie ein Freund dem anderen auf den Rücken schlägt, hart, aber ohne Böswilligkeit. Sie waren auf seiner Seite angelangt, als sie die Kurve der Willow Road nahmen. Er preßte die Stirn gegen das Gatter.

Das leise, bedrohliche Geräusch steigerte sich, wie sich Hitze steigert; die Pferde donnerten mit gestreckten Hälsen an ihm vorbei, und ihre Beine hoben und senkten sich wie wilde, planlos stichelnde Nadeln.

Er sah, wie ihre Bäuche sich hin- und herwarfen und die Stangen des Zauns streiften, während sie vorbeischwenkten. Keuchend erhob er sich auf seiner Seite der Barriere. Sein Fuß verfing sich in der kriechenden Fichte, und er stürzte zu Boden, wobei er sich den Kopf an einem Baumstumpf aufschlug. Blut rann ihm vom Schädel. Wie eine rote Mähne lief es ihm in die Augen, und er strich es mit dem Handrücken weg, als er seinen Hut aufsetzte. In dieser Haltung wurde er von den stampfenden Hufen durchgerüttelt wie ein Kind auf einem Knie.

Als nächstes suchte er nach seinem Stock und fand ihn im Farn verhakt. Eine wächserne Winde streifte seine Wange, als er sich niederbeugte. Er ließ die Zunge daran entlanggleiten und knipste sie mit den Zähnen durch. Wie er sich auch bewegen mochte, das Gras war ständig unter ihm und knackte mit Zweigen und Zapfen. Eine Eichel fiel aus dem weich niederrieselnden Puder des Waldes herab. Er hob sie auf, und während er sie zwischen Zeigefinger und Daumen hielt, kehrten seine jagenden Gedanken zu der Szene mit der Hausherrin zurück, denn als was hätte man sie sonst bezeichnen können, wenn nicht als ›die Hausherrin‹, Freda Buckler, die zierliche, temperamentvolle Frau, die eine Trommel als Herz und einen Spielzeugkörper hatte, der alles unterstand, die schnurrte, durchdrungen von Schamlosigkeit, ein mechanisches Schnurren, das ihr die Menschlichkeit austrieb.

Er blies gegen seinen Schnauzbart. Freda mit diesem ärgerlichen gelben Schleier! Er erklärte ihr, er sei ›ärgerlich‹, er erklärte ihr, er sei ›schamlos‹, nichts als ein Mittel der Verführung. Er blies die Backen auf und pustete sie an, als sie vorbeiging. Sie lachte, strich ihm über den Arm, warf den Kopf zurück, die Nüstern leuchtend rot bis obenhin. Sie waren am Ende gemeinsam ausgeritten, eine Stiefellänge Abstand zwischen sich, sie nicht größer als eine Grille. Zutiefst unglücklich hatte er seinem Pferd die Sporen gegeben, und sie hatte gesagt: »Sachte, John, sachte!« und ihren breiten brennenden Mund gezeigt. »Du kannst doch nicht das *ganze Leben lang* ein Stallknecht bleiben! Pferde!«, schnaubte sie verächtlich. »Ich mag Pferde, aber...« Er hatte seine Reitgerte sinken lassen. »Es gibt noch andere Dinge. Du kannst nicht einfach immer weiter Reitknecht bleiben, nicht mit soviel Anmut, und du weißt es. Ich werde einen Gentleman aus dir machen. Ich führe dich auf eine Stufe, wo man nicht länger ein ›Ding‹ ist. Du wirst sehen, du wirst es genießen.«

Er hatte sich hinübergelehnt und mit seiner Peitsche nach ihrem Stiefel geschlagen. Sie erwischte sie am Knie, der Fuß flog in seinem Steigbügel auf, als tanzte sie.

Und das kleine Biest war entzückt! Sie trabten eine Weile weiter, und sie trabten zurück. Er half ihr beim Absitzen, und sie schwebte davon, mit nachflatterndem gelbem Schleier, und rief ihm über die Schulter zu:

»Du wirst es *lieben*!«

Noch ehe sie es einen Monat lang so getrieben hatten (indem sie einander aus der Fassung brachten, einander hierhin und dahin zerrten, jagend und gejagt), wurde daraus ein Spiel bar jeden Vergnügens. Verderbte Dame, verderbter Stallknecht, auf den Schwingen des Taumels.

In was zog sie ihn da hinein? Er schrie, brüllte, knallte mit der Peitsche – was stellte sie sich vor, was sie wollte? Die Art Frau, die nicht die Wahrheit sagen kann; die Wahrheit rann aus ihr heraus und floh sie, als wären ihre Adern Pipetten, die der Teufel hineingesteckt hatte; und wenn er trank, dann blähte er sich auf und wurde eine Beute des Stolzes, er schwemmte ihn hinweg. Er sah sie in jedem Spiegel hinter sich stehen, sie folgte ihm von Schaustück zu Schaustück, sie tauchte neben ihm auf, führte ihn umher, ihre Hand unter seinem Ellenbogen.

»Du wirst zum Generalgouverneur aufsteigen – nun, sagen wir, zum Inspekteur ...«

»Inspekteur!«

»Was dir lieber ist, sag meinethalben Rittmeister – sag Kavallerieoffizier. Auch wieder Pferde, Leder, Peitschen ...«

»Oh mein Gott!«

Sie wieherte nahezu, als sie auf dem Absatz herumfuhr:

»Mit einer breiten, flachen, edlen Brust«, sagte sie, »du wirst mit Ehrenzeichen gepflastert sein ... Bedeckt sein davon ... Du wirst nicht länger Trübsal blasen ...«

»Hören Sie auf!«, schrie er, »ich bin *gerne* gewöhnlich!«

»Bei einer derart behenden Taille werden die Hörner dich verfehlen.«

»Was für Hörner?«

»Das Dilemma.«

»Ich könnte Sie schon zum Schweigen bringen, und zwar gründlich, wenn ich wollte!«

Sie war amüsiert. »In die Enge getrieben?«, fragte sie.

Sie quälte ihn, sie wußte es. Sie quälte ihn mit ihren ›kulturellen‹ Gegenständen. Das Knie auf eine Ottomane gestützt, hielt sie die zerbrechlichste Miniatur empor, ihm entgegen, ein Stück Elfenbein in der hohlen Hand, mit der sie es von der Sonne weghielt, und sagte: »So schau doch nur, schau doch!«

Er legte die Hände auf den Rücken. Sie trieb ihm das aus. Sie forderte ihn auf, uralte Meßbücher in die Hand zu nehmen, Märchenbücher, alle hübsch gearbeitet, alle in rotbraunen Rips gebunden. Sie breitete Landkarten aus und zeigte, indem sie mit einer langen Hutnadel über Berge und Klüfte fuhr, »nur mal eben, wo sie gewesen war«. Wie eine trockene Schnecke wanderte die Spitze die Küste entlang, bis sie auf einmal, indem sie den Stahl hineinbohrte, »*Borgia!*« rief und dastand und mit einem Ring voller uralter Schlüssel klapperte.

Seine Besorgnis wuchs im Verein mit seiner Neugierde. *Wenn* er sie nun heiratete – nachdem er sie geheiratet *hatte*, was denn dann? Wo stünde er, nachdem er ihre verrückte Laune befriedigt hätte? Was würde sie am Ende aus ihm machen, mit einem Wort, was würde sie von ihm übriglassen? Nichts, absolut nichts, nicht einmal seine Pferde. Da hätte man einmal einen verdammten Idioten. Er würde nach Freda nirgends mehr hinpassen, er wäre weder, was er war, noch was er gewesen war; er wäre ein *Ding*, halb stehend, halb hockend, wie jene Figuren unter den Dächern historischer Gebäude, die Ruhestellung der Verdammten.

Er hatte sie oft angeschaut, ohne sie zu sehen. Nach einer Weile begann er, sie mit großer Aufmerksamkeit zu betrachten. Nun ja! Wirklich ein maushaftes Frauchen mit hellem, hübschem Haar, das ihr wie Insektenfühler in den Nacken fiel und sich regte, wenn der Wind sich regte. Sie huschte und tänzelte zuviel umher, immer mit der bewußtlosen Intensität eines mechanischen Spielzeugs, das über den Boden ruckte und schnurrte.

Und sie war ihm immer um ein, zwei Schritte voraus oder strich ihm, um Armeslänge von ihm entfernt, gerade nur so über den Arm, oder sie kam wie ein Windstoß herein und legte ihr spitzes kleines Knie auf seine Schulter, wobei sie langsam wieder entschwebte – nur, damit er über sie stolperte, wenn er sich umwandte. Und an diesem speziellen Tag hatte er sie beim Handgelenk gepackt und sie herumgeschleudert. Dies eine Mal, dachte er bei sich selbst, dies eine Mal werde ich sie ohne alle Umschweife nach der Wahrheit fragen. Vielleicht verjagt ein direkter Schuß sie ja.

»Miss Freda, einen Augenblick mal! Sie wissen doch, ich habe keinen einzigen Freund auf der Welt. Sie wissen ganz genau, daß ich keinen Menschen habe, zu dem ich gehen und von dem ich mir auf irgendeine Frage eine Antwort holen kann. Also gut, was wollen Sie eigentlich von mir?«

Sie errötete bis in die Haarwurzeln. »Mädchenhaft! Sie wollen doch nicht etwa mädchenhaft werden?« Sie sah aus, als würde sie gleich schreien, ihre ganze Gestalt siedete, doch sie fing sich wieder und sagte gedehnt mit gespielter Gelassenheit:

»Sei nicht nervös! Sei geduldig. Du wirst dich an alles gewöhnen. Es wird dir sogar gefallen. Es gibt nichts Erfreulicheres als den Aufstieg.«

»Und dann?«

»Dann wird alles andere in weite Ferne rücken, der Stall und alles andere.« Sie versenkte ihre Nasenflügel in die Falten eines Spitzentaschentuchs. »Ist das nicht ein lohnendes Schicksal?«, näselte sie.

Am schlimmsten von allem war der letzte Abend gewesen, der Abend des Maskenballes. Sie hatte auf seiner Anwesenheit bestanden. »Komm«, sagte sie, »einfach so, wie du bist, und sei unser Einpeitscher.« Das war der endgültige Schlag, die unverzeihliche Beleidigung gewesen. Er hatte gehorcht, nur war er nicht »einfach so, wie er war« gekommen. Er machte sorgfältig Toilette; er zog sich für den Abend an wie ein feiner Herr; er war infolgedessen der einzige Anwesende, der nicht ›angezogen‹ war, das heißt, nicht für die Gelegenheit passend.

Bei seiner Ankunft fand er die meisten Gäste beschwipst. Es dauerte nicht lange, und er war selbst mehr als nur ein bißchen angetrunken und stellte entsetzt fest, daß er, würdevoll und langsam, ein Menuett tanzte mit einem prächtigen weichen Plunderkuchen von einer Frau, die, besternt von Zechinen, in Kaskaden von gebauschtem Tüll vor sich hin grunzte. Schleunigst entwand er sich dieser Umarmung, hielt auf den blanken Stellen des kolophonium-bepuderten Bodens mühsam das Gleichgewicht und traf auf Freda, die mit einem winzigen Gläschen Magenlikör auf ihn zutrat und ihn ihm in den offenen Mund kippte. In dem Augenblick wurde ihm bewußt, daß er nach Luft geschnappt hatte.

Er blieb abrupt stehen. Sein fieberhafter Blick erfaßte den ganzen Raum. Dort in der Ecke saß Fredas Mutter mit ihren Katzen. Sie saß immer in Ecken, und sie saß immer mit Katzen. Und da war der Rest der Besetzung – Vettern, Neffen, Onkel, Tanten. Im nächsten Augenblick, die *Gaillarde*. Freda stand, die Arme erhoben, die Handflächen nach außen gekehrt, die Ellenbogen in Brusthöhe nach innen angewinkelt, eine Gottesanbeterin, unmittelbar vor ihm. Halt! Er entzog sich ihr, zeichnete mit der Krücke seines Stöckchens säuberlich einen Kreis um sie und wich dann durch die Fenstertüren zurück.

Dann wußte er nichts mehr, bis zu dem Augenblick, wo er sich im Gesträuch wiederfand, seufzend, das Gesicht dicht am Gatter, und hineinspähte. Er war wieder bei seinen Pferden; er war dort, wo er nun wieder hingehörte. Er konnte hören, wie sie die Grasnarbe aufrissen, umhergaloppierten, als befänden sie sich ihrerseits in ihrem Ballsaal, und das, was das Seltsamste überhaupt war, in dunkler Nacht.

Er fing an, sich unter der niedrigsten Stange hindurchzuziehen, Hut und Stock warf er voraus, und robbte keuchend hinein. Der schwarze Hengst war jetzt an der Spitze. Die Pferde nahmen gerade die Kurve in der Willow Road, die auf die entfernteste Koppel führte, und durch den Staub hindurch sahen sie zugleich schwach und riesenhaft aus.

Auf der Hügelkuppe hatten sich vier von ihnen abgesondert und verharrten, um Witterung zu nehmen. Er würde sich eins einfangen, aufsitzen, er würde fliehen! Er hatte keine Angst mehr. Er stand auf und schwenkte schreiend Hut und Stock.

Sie schienen ihn nicht zu erkennen, und sie kurvten an ihm vorbei und jagten davon. Er starrte ihnen nach, dem Weinen nahe. Er dachte nicht an seine Kleidung, seine weiße Hemdbrust, den Zylinder, den fuchtelnden Stock, sein unvermitteltes Auftauchen aus der Dunkelheit, ihre Erregung. Aber bestimmt mußten sie ihn erkennen –, es konnte sich nur noch um Sekunden handeln.

Stampfend, mit flatternden Mähnen, schnaubenden Nüstern, Dampf ausstoßend, als sie herannahten, passierten sie ihn, eine wiehernde Flut, und er verfluchte sie entsetzt, doch was er rief, war »Hure!«, und er kämpfte mit einem rasenden Schmerz, der ihn würgte, und lag am Boden ausgestreckt, schluchzend. »Ich *kann* das, verdammt nochmal, ich schaffe das, ich komme da schon noch hin!«

Die fliegenden Hufe des ersten Pferdes verfehlten ihn, die des zweiten nicht.

Wenig später zerstreuten die Pferde sich, knabbernd und schweifschlagend, und mieden dabei eine Stelle, wo das Gras hoch stand.

Für Trenchard repräsentierte das städtische Gefängnis die Freiheit, die er sich immer so leidenschaftlich gewünscht hatte, eine gemeinschaftliche Freiheit, die diejenigen, die sie genießen, als gesellschaftliche Langeweile bezeichnen. Ihm, der ständig in seinem kleinen Keller bedienen mußte, wo er Brot backte, erschien dies quadratische, wackelige Gebäude als etwas Heiliges, bis zu dem Tag, wo er und seine Frau eingesperrt wurden und feststellen mußten, daß sie in einer Gemeinde von fünftausend Einwohnern die einzigen Missetäter waren – und das verdarb die Sache gründlich.

Jennie und er waren so etwas wie die sprichwörtlichen glücklichen dreißig Jahre verheiratet. Beide waren sie klein, gedrungen und gutmütig. Sie waren beide sanftmütig und hatten flaumige Haut und lächelten leicht. Sie waren so genau aufeinander abgestimmt, daß man den Eindruck haben konnte, sie seien irgendwann einmal im selben Nest geboren worden.

Beide stammten ursprünglich aus dem Süden Frankreichs; beide erinnerten sich nicht groß daran, doch riefen sie immer wieder aufgeregt: »Ach, was war das doch für eine Welt, Schatz! Nichts als Sonne und Blätter und umgepflügte Erde und Blumen!«

Beide hatten sie ihr ganzes Eheleben hindurch nahezu ehrfürchtig von der Freiheit gesprochen – und damit die Art von Freiheit gemeint, zu der ihre Jugenderinnerungen zurückschweiften –, von der Freiheit eines Lebens im Freien.

Jennie hätte sich den Gegebenheiten anpassen können, hätte sie nicht treu zu Trenchard gestanden. Zwar blickte sie oft in die Straße hinaus, um die Herrlichkeit der gerade erst erblühten Bäume einzuatmen, die die Bücherei flankierten, doch war das eine passive Art der Sehnsucht, die sie mit ins Grab genommen hätte, hätte es da nicht die entsprechende Sehnsucht in der Brust ihres Mannes gegeben.

Sie hatten keine Kinder, die ihnen die Freiheit geschenkt hätten, die die köstliche Fessel einer nachwachsenden Jugend bedeutet; sie hatten keine Verwandten und keine sehr engen Freunde außer ihrem Hund Pontz. Sie lebten in einer Welt, die aus genau einem Menschen bestand – für Jennie aus Trenchard, für Trenchard aus Jennie, und dazu kam dann noch beider Liebe zu ihrem Hund, die ein Teil davon war.

In ihrer Jugend war Jennie rund, rosig, freundlich und dabei schnell im Handeln und langsam im Kopf gewesen. Sie war in eine Welt der Hühner und Enten, der Kühe und Pferde und selbstverständlicher Frühlinge und Herbste hineingeboren worden. Sie hatte damals Rattenschwänze gehabt, blaue Kittel getragen und war das stillste Mädchen der ganzen Schule gewesen. Wenn die Jungen sie neckten, runzelte sie ein wenig die Brauen; wenn sie sie an den Zöpfen zogen, wandte sie langsam den Kopf und sagte irgendetwas, das zwar nicht sonderlich herabsetzend war, dafür aber um so zögernder herauskam. Sie weinte nie, jammerte nie und beklagte sich nie. Schließlich ließen sie sie in Ruhe, denn diese Art junger Mensch ist der Fluch im Leben eines ungezogenen Jungen.

In seiner Jugend war Trenchard ebenfalls klein gewesen, pummelig, äußerst gutmütig, dabei aber aufbrausend. Er brauchte lange für seine Schularbeiten, war gründlich, aber träumerisch in seinem Vorgehen und wurde von seinen Eltern sehr verhätschelt.

Er hatte große Augen unter schweren Lidern und eine ungeheuer weiße Haut. Sein Mund und seine Nase wirkten wie etwas, das gegen eine harte, standfeste Mauer absticht. Die Nase war eine abrupt vorspringende Knolle.

Sie war immer noch blond, wenn der Farbton auch blasser wurde. Er war immer noch im Besitz von schwarzem Haar, wenn es auch in den letzten Jahren begonnen hatte, sich ein bißchen zu locken, das einzige Anzeichen dafür, daß er erwachsen geworden war, wie er zu sagen pflegte, woraufhin sie» erwiderte: »Du willst wohl noch jünger werden, als du bei der Geburt warst, mein Schatz!«

Natürlich waren sie nicht ständig so milde gestimmt. Sie hatten den einen oder anderen Streit, wie es in guten Familien nicht nur notwendig, sondern auch üblich ist. Er konnte nicht rauchen, und folglich priemte er. Sie hatte ihm diesen »gemeinen Trick, den mein Vater sich nie genehmigt hat« schon längst vergeben. Sie konnte nicht nähen, doch er hatte ihr vergeben, obwohl, wie er sagte, »alle Frauen in meiner Familie hervorragend mit der Nadel umzugehen verstanden«.

Zuweilen verfiel Trenchard in verdrießliches Schweigen; dann lächelte Jennie und bediente die Kunden selbst. Abends, wenn die Backofentür loderte wie das blutende Maul irgendeines Dämons, zog Trenchard, nackt bis zur Hüfte, Brötchen für den Morgenverkauf heraus. Seine Frau sagte dann ziemlich energisch: »Mein lieber Mann, du arbeitest zu schwer. Es ist doch jetzt Zeit und Geld genug vorhanden, damit es sowohl für unsere alten Tage wie für einen kleinen Urlaub reicht.«

Darauf schüttelte er den Kopf.

»Doch, du brauchst eine kleine Ruhepause«, und dann setzte er stets hinzu:

»Pah, was ich brauche, ist Freiheit!«

Sie setzte sich hin, ließ die Hände auf dem Karomuster ihrer Schürze ruhen und sagte: »Na schön, deine Freiheit. Kaufen wir uns doch ein bißchen Land.«

»Wovon? Wir haben nicht genug Kapital.«

»Riskieren wir es einfach«, sagte sie.

»Ehe man zwanzig ist, kann man spekulieren, danach nicht mehr«, antwortete er. Und so vergingen die Tage mit den kleinen Sehnsüchten der beiden, die durch die zärtliche Fürsorge des einen für den anderen gestillt wurden.

Und dann kommt der große Einbruch. Ein Mann und seine Frau irgendwo an der Stadtgrenze sterben plötzlich, und als Ursache hat man herausgefunden, daß sich in einem Brotlaib Gift befand. Da Jennie und Trenchard die einzigen Bäcker in der Stadt sind, hat der Polizeichef sie im Nu beim Wickel, und beide landen unweigerlich in eben dem Gefängnis, das zu beziehen Trenchard sich ersehnt hatte.

Wie die Vögelchen fangen sie an, nach einander zu picken, fragend, redend, lachend, weinend. Trenchards Tränen saßen immer schon locker, und jetzt besteht sein Gesicht gleichzeitig aus Lachen, Tränen, Erstaunen und Angst, Vergnügen und Enttäuschung.

»So sieht das hier also aus!« scheint er zu sagen, als er sich wieder und wieder in der Zelle umdreht, die wie ein gewöhnliches Zimmer aussieht, allerdings eins mit ein paar rostigen Eisenstäben vor den Fenstern.

Unmöglich – er beginnt zu lachen. »Liebe Jennie«, sagte er ungeheuer aufgeregt, »da haben wir ja die Freiheit und den Urlaub, von denen wir solange geredet haben!«

»Lach nicht«, erwidert sie streng, »die Lage ist wirklich bedrohlich. Man wirft uns etwas Furchtbares vor – begreifst du das?« Und sie faßt ihn beim Ärmel und zieht daran. »Wir sind wegen Mord hier drin – Giftmord. Natürlich«, setzt sie folgerichtig hinzu, »haben wir es nicht getan. Damit brauchen wir uns also nicht zu belasten. Aber vielleicht glauben die ja, daß wir es trotzdem getan haben, und dann müssen wir sterben – ja, ganz gewiß müssen wir sterben, Trenchardlein, und so früh kann ich mich mit diesem Gedanken nicht befreunden.«

»Du wirst wohl recht haben.« Er setzt sich und beginnt unter gewaltigen Schluchzern wieder zu weinen. Jennie hingegen, trockenen Auges und gelassen faltet sie die Hände über der Schürze, wie sie es so oft in dem kleinen Laden getan hat.

»Was sollen wir bloß tun?«

»Da kann man nichts tun.«

Als hätte ihm das einen schrecklichen Stich ins Ohr versetzt, fängt Trenchard erneut zu weinen an, während Jennie ihm die Schulter tätschelt. »Komm, komm«, sagt sie tröstend, »du darfst nicht vergessen, Kleiner: Einmal kommt jeder dran, wie es immer heißt. Und nun ist es soweit.«

»Aber Jennie, wir werden vielleicht aufgehängt!«

»Sehr wahr.«

»Aber das ist ja schrecklich! Wir müssen irgendetwas tun. Gibt es denn auf der ganzen Welt kein Mittel, um diesen Leuten zu beweisen, daß wir das Brot nicht vergiftet haben?«

»Oh doch, es gibt viele Mittel, wenn sie uns nur lassen.«

»Dann laß uns das sofort tun.« Mit diesen Worten steht er auf und steuert die Tür an.

»Die Tür ist verschlossen, Trenchard. Wenigstens weißt du jetzt, wie es im Gefängnis ist.«

»Daran brauchst du mich nicht zu erinnern.«

»Ich will nur, daß du es nicht vergißt.«

»Warst du das, Jennie, die mich immer davon abgehalten hat?«

»Was meinst du damit?«

»Deinetwegen habe ich nie meine Freiheit bekommen, meine geliebte kleine Freiheit, die Liebe meines Herzens.«

»Trenchard, du bist ein Schuft.«

»Jennie, du bist eine eigensinnige und schlechte Frau.«

Woraufhin beide dazu übergehen, zu weinen und einander zu küssen und zu tätscheln, als versuchten sie, ein zerbrochenes Bild wieder heilzumachen, etwas, das sie sich in den dreißig Jahren ihres Ehelebens aufgebaut haben.

Tief umschattet, so als säße sie ebenfalls im Gefängnis, bricht die Nacht an. Die Luft hat sich abgekühlt, denn es ist Spätsommer, und die beiden klammern sich aneinander und warten auf den Schritt des Wärters.

Trenchard fängt an, vor sich hinzuträumen – nicht weit weg ist der Wald, der prächtige, lautere, schützende Wald mit dem Moos und den Blättern. Wie oft hat er sich nicht danach gesehnt, ihn zu erforschen, doch hat die Zeit nicht einmal zu einem Besuch gereicht. Jennie beginnt, sich wegen der Brötchen zu sorgen, die gerade zu gehen angefangen hatten.

»Am Ende stimmt es gar nicht, daß Leben Freiheit ist, hm, Jennie?« Sie schüttelt den Kopf und sorgt sich immer noch wegen der Brötchen.

Er lehnt sich gegen die Gitterstäbe am Fenster und schaut hinaus in die gewaltige Dunkelheit und das noch gewaltigere Schweigen der Wälder. Ein paar wilde Vögel, die der Einbruch der Nacht aufgestört hat, kreisen weit weg am Himmel oben und stoßen einsame, fruchtlose Schreie aus, als sie niederfliegen in den Schutz des Waldes.

Auf einmal sagt Trenchard: »Jennie«, es klingt verschwörerisch, »wir wollen fliehen!«

In dem Wort »fliehen« steckt mehr als nur die Bedeutung, die er ihm zu verleihen scheint! Darin steckt die ganze Sehnsucht ihres Lebens, die Sehnsucht nach der Freiheit ihrer Jugend, die ihnen im Gedächtnis ist, der Zeit zum Spielen, als sie beide zu jung waren, um sie richtig schätzen zu können, zu jung aber auch, um sie zu vergessen.

»Gibt es denn eine Möglichkeit?«

Großspurig sagt er: »Ich schaffe eine Möglichkeit.«

Und das tut er auch. Auf Zehenspitzen durchmißt er den wurmstichigen, baufälligen Raum, tastet den Boden ab und blickt prüfend zur Decke hinauf.

»Versuch mal das Fenster.«

Fieberhafte Vorfreude auf das Abenteuer, das er nun endlich mit allen Sinnen erleben wird, erfüllt ihn, während er sich an den Gitterstäben versucht, die in ihrer Verankerung erbeben, aber nicht nachgeben.

Ach, es ist sinnlos; anders verhält es sich mit der Tür. Jennie, die verwegen auf sie zu tritt, wie kleine Kinder auf das zutreten, was sie bisweilen fürchten, um es zu plagen, rüttelt an ihr, und siehe da, die Tür öffnet sich langsam mit einem knarrenden Geräusch, das noch vor wenigen Augenblicken der Laut der Knechtschaft gewesen war.

Sie spähen in die Finsternis hinaus. Irgendjemand schnarcht leise. Sie beginnen zu laufen, anfangs ungeschickt und dann behender. Auf die Schatten der Wälder zu, auf das große Draußen und die große Freiheit. Jennie hat die Brötchen jedoch noch nicht vergessen und keucht: »Sollen wir nicht besser zum Laden zurückgehen, Trenchard, und nach dem Teig sehen?« Doch er hört sie nicht; seine Seele ist erfüllt von der neuen Freiheit, dem ersten Zug Nachtluft und Baumduft in dreißig Jahren.

Er schaudert ein wenig. »Ist das nicht großartig?« Und sie sagt: »Doch, es ist schön.« Und sie laufen weiter.

Sie können jedoch nicht sehr weit laufen, weil sie schließlich für so etwas doch ziemlich alt sind, und für Trenchard heißt es überdies, Priemen oder Fliehen, und man muß bedenken, daß der Tabak eine dreißig Jahre alte Gewohnheit war und die Sehnsucht nach Freiheit nur ein dreißig Jahre altes Verlangen, und die eine ist immer stärker als die andere.

Beide sinken neben einem Gebüsch nieder.

Der frische Geruch von Grassoden und Moos steigt ihnen in die Nüstern, der Duft von einer zertretenen Blume, ein paar blutenden Beeren. Das Geräusch der Blätter und des Windes in der Luft hört sich gut an. Die Vögel, die Trenchard beobachtet hatte, sind jetzt gänzlich verschwunden, und bis auf irgendetwas, das sich im Boden regt, und die rastlosen Geräusche eines Waldes, der stetig im Wachstum begriffen ist und der Luft die Erde darbietet, ist alles still.

Alsbald setzen sie ihren Weg fort und dringen tiefer in den Wald ein, dorthin, wo eine Verfolgung beinah unmöglich ist. Sie lassen sich auf Hände und Knie nieder und kriechen; ein-, zweimal fallen sie aufs Gesicht, und Jennie flüstert: »Diesmal habe ich die Erde geküßt.«

Es ist kühl, kälter noch, als sie erwartet haben, und sie haben zu ihrem Schutz nichts als die Büsche, unter denen sie liegen, und Trenchards Mantel.

»Glaubst du«, fängt sie an, »daß sie uns hier jemals finden werden?«

Er sagt großspurig: »Das möchte ich bezweifeln.«

»Aber was soll denn aus unserem Laden werden?«

»Wie sollen wir denn dahin zurückkönnen – wir sind doch auf der Flucht, verstehst du denn nicht, Jennie?«

»Doch«, sagt sie, »ich verstehe.« Doch sie versteht nicht und schaut Trenchard mit sorgenvollen Blicken an und denkt, wie sehr er sich tatsächlich nach seiner Freiheit gesehnt haben muß.

»Aber was würden die denn mit uns machen?«

»Weißt du, wie schwer das Verbrechen ist, das man uns zur Last legt?«

»Ja, schon.«

»Dann weißt du auch, was sie mit uns machen werden.«

»Wir werden sterben.«

»Ja, wir werden sterben – vorausgesetzt, sie fangen uns wieder ein.«

»Werden sie uns wieder einfangen, Trenchard?«

»Ich weiß nicht – weshalb sorgst du dich denn? Im Augenblick sind wir frei, Jennie. Leg dich hin und schau die Sterne an.«

»Ich kann mich nicht hinlegen!« schreit sie mit einemmal und klammert sich an Trenchard. »Wenn sie dich nun kriegen und töten und mich auch?«

»Ach was, sei nur ruhig, dazu kommt es bestimmt nicht.«

»Aber vielleicht ja doch?«

In diesem Augenblick schrecken beide hoch.

»Was war das?«

»Es klang nach einem bellenden Hund.«

»Und das?«

»Wir werden bereits verfolgt«, sagt er trübsinnig und erhebt sich abermals auf die Knie, »komm weiter!«

Sie hören wieder den Hund bellen, und das Bellen ist nähergekommen und schließt eindeutig zu ihnen auf. »Hör doch!« ruft Jennie aus, »das klingt nach unserem Pontz!«

»Ich habe ihn im Keller gelassen. Er wird uns noch verraten – unser Kind wird uns bestimmt verraten.«

Er klingt jetzt so nahe, daß sie glauben, er sei bereits neben ihnen, doch dem ist nicht so. Einen Augenblick später jedoch springt Pontz sie mit seinem schweren weißen Körper an und kläfft dabei kurze, verrückte Entzückenslaute – und er springt um sie herum und leckt ihnen Hände und Gesicht.

Dann hören sie Männerstimmen.

»Oh, mon dieu!« rufen beide aus, »der Kleine hat uns bereits verraten.«

Trenchard kniet am Boden und versucht, Pontz die Schnauze zuzuhalten. »Noch nicht«, flüstert er.

Pontz beginnt zu winseln, sich zu winden – und als er entwischt ist, bellt er noch lauter und freudiger.

»Es muß sein«, sagt Trenchard und packt den Hund bei der Gurgel. Er umspannt sie mit den Händen, drückt langsam zu, und während er drückt, steigen ihm Tränen in die Augen. Jennie sitzt vorgebeugt, die Hände im Schoß. Sie beginnt, die Karos in ihrer Schürze zu zählen. Gleich darauf fangen sie zu graben an.

Werden sie Zeit genug haben, um ihn zu begraben – ihren Kleinen –, der so froh war, sie wiederzusehen, so glücklich, so anhänglich?

Nein. Sie sind zu erschöpft. Schließlich legen beide sich neben dem Körper des toten Pontz nieder.

»Werden sie uns finden?«

»Wahrscheinlich.«

»Ist das dort nicht eine Laterne?«

»Doch, ich glaube schon.«

»Das ist uns teuer zu stehen gekommen, Trenchard.«

»Doch es bedeutet Freiheit – für eine kurze Zeit.«

»Sollen wir nicht lieber jetzt gleich sterben, statt nachher, wenn ...«

»Nein. Bleib einfach nur liegen. Es ist so schön.«

»Schrecklich ist es.«

Er setzt sich plötzlich auf und sagt voller Ingrimm: »Die sollen denken, daß wir glücklich und zufrieden sind.«

»Ich kann schon verstehen, was sie sagen, Trenchard. Sie sind gleich bei uns.«

»Jetzt laß uns still liegen – das ist die Freiheit.«

Jetzt möchte ich Ihnen von einem kleinen Jungen erzählen, Madame, und was er, genau eine Woche lang, für eine Dame bedeutete, die viel Konsequenz besaß, da ihr Geist immer und um jeden Preis ausgeglichen gewesen war, und es war sie teuer zu stehen gekommen, denn mit Vierzig kannte sie das Leben schon fast vierzig Jahre, was für die meisten Menschen nicht zutrifft, n'est-ce pas, Madame? Zwanzig Jahre werden einem Kind zu Beginn gegeben, um heranzuwachsen, ohne viel zu wissen über Traurigkeit oder Glück, so daß das Kind ein wenig herumwandern kann und in den Himmel und auf die Erde schauen und sich fragen kann, was einmal sein wird, das noch gar kein Sein hat, damit es mit Zwanzig auf sein Schicksal stoßen und Sicherheit darin finden kann. Und ich denke, mit dem Jungen verhielt es sich so, aber mit ihr war es anders, Leben war für sie immer ein Schicksal gewesen und sie trug es mit sich, als sie und der Junge sich trafen.

Wirklich, Madame, es kommt selten in der Welt vor, daß ich von Jungen spreche, daher müssen Sie wissen, daß dies ein ganz besonderer Junge war. Er war sehr jung, Madame, kaum Zwanzig, und ich denke, er hatte bis dahin erst eine kleine Weile gelebt, ein Jahr vielleicht, vielleicht zwei. Er war aus dem Süden, so daß, was hell und schnell in ihm war, oftmals sonderbar erschien, so sehr war er ins Schweigen eingebunden. Und sie, Madame, sie kam aus dem Norden und war umgetrieben vom Blick nach innen. Es war in Paris, Madame, und im Herbst, und in der Regenzeit. Wochenlang hatte es geregnet, tags und nachts, wochenlang. Es regnete unter den Bäumen und auf die Avenuen und auf die Häuser und die Seine entlang, so daß das Wasser zu naß erschien; und die Strebepfeiler der Kirchen und die Dachrinnen an den Häusern weinten unentwegt; der Regen fiel, sich in den Ecken festhaltend und endlos hinuntergleitend. Die Leute saßen mit hochgestelltem Mantelkragen in Cafés, denn mit dem Regen kam die Kälte; und überall redete jeder über die Gefahren des Wetters, und in einigen Cafés war die Rede von Politik und Regen, und von Liebe und Regen, und von Regen und vernichtetem

Getreide, und in einem Café redeten ein paar Leute von Hess, dieser Dame, Madame, von der ich spreche. Und sie sagten, es sei ein Jammer, daß sie, die zum ersten Mal seit zwei Jahren nach Paris gekommen war, um sich auszuruhen und nach ihrem Haus zu schauen und ein wenig fröhlich zu sein, in der dritten Woche krank werden mußte.

Und es war ja wahr. Kaum drei Wochen, und sie mußte unter das Messer, so daß alle ihre Freunde sehr traurig waren, als sie zusammen tranken. Und einige sagten, sie sei tapfer und einige sagten, sie sei schön, und einige, daß sie immer allein sei, und andere sagten, sie sei mürrisch, und nehme, auf amüsante Weise, dem Leben alle Freude mit ihrem Lachen. Und einige fragten sich, ob es notwendig sein würde, sie zu vergessen.

Und sie besuchten sie, und einer von ihnen kam mit dem Jungen, das war am Tag als sie nach Hause gehen sollte, und sie war noch nicht wieder sehr kräftig, und sie sah den Jungen an und streckte ihm die Hand entgegen, und sie sagte: ›Du wirst kommen und bei mir bleiben bis es Zeit ist‹. Und er sagte: ›Ich werde kommen‹.

Und so kam es, Madame, daß sie auf ihre Woche kam, die ohne Schicksal war – wie wir es verstehen –, und darum erzähle ich es.

Was weiß ich, Madame, was ihr an ihm gefiel? Vielleicht war es etwas, das jeder, der ihn sah, bemerkte und gemocht haben würde, je nach seiner eigenen Natur. Da war etwas Merkwürdiges an ihm, Menschen, die ihn nicht mochten, mit denen stimmte etwas nicht; er schien eine Art Test zu sein für etwas in diesen Menschen, das sie verloren hatten und gern wieder gehabt hätten.

Er hatte leichte, lange Beine, und er ging immer geradeaus, gerade wie ein Indianer gingen seine Füße, und sein Körper hielt sich zurück. Und es war rührend und lächerlich, denn es war der Gang eines Familienvaters im Kind des Vaters, ein Konstruktionsfehler, der sofort aufhörte, wenn er sich setzte, denn wenn er saß, war er ein vaterloses Kind, von seinem schmalen Hintern aufwärts war er so klein. Seine Hände waren lang und dünn, und wenn er ihre Hände hielt, waren sie sehr zerbrechlich, so als seien sie noch nicht lange benutzt worden, aber wenn er *à bientôt* zu seinen Freunden sagte,

Madame, war sein Händedruck kräftig und sicher. Aber sein Lächeln, Madame, war das sanfteste an ihm. Seine Zähne waren weiß und regelmäßig, aber auf die Zähne kam es nicht so sehr an, sondern auf seinen Mund. Die Oberlippe war wie eine Lippe über einer Lippe, eine schwache innere Linie ließ ihn doppelt erscheinen, wie das Lächeln von Tieren, wenn es Frühling wird; und während die meisten Münder dem Schwung der Knochen folgen, verlief seiner nach außen und nach oben, ganz unabhängig von der Schädelform.

Sein Kinn war lang und oval und seine Augen waren wie ihre, so als seien sie Blutsverwandte, Bruder und Schwester, aber durch Ereignisse voneinander getrennt. Seine waren sanft und leuchtend und aufmerksam, und ihre waren freundlich und humorvoll und satirisch. Manchmal rollte er seine Augen nach oben, so daß man sich fragte, ob er das mit Absicht tat oder ob irgend etwas in ihm an irgend etwas zu denken versuchte, und in dem Augenblick kamen sie wieder zurück – ohne den Gedanken, lächelnd und freundlich.

Sie lag auf ihrem großen weißen Bett, hinter sich viele Spitzenkissen und Kissen mit Heiligenstickereien darauf und ich denke, Madame, sie war sehr glücklich und auch überrascht, denn sie kannte viele Arten der Liebe; die Liebe von Männern, die ernsthaft und töricht und vertrauensvoll waren; und von Männern, die klug waren und eitel und gutaussehend; und von Männern, die nur das kannten, was sie selbst wollten. Jetzt schaute sie auf einen Jungen und wußte, daß sie ihn liebte mit einer Liebe jenseits des Herzens, fremd und sonderbar.

Er saß neben ihr, das Kinn in der Hand und betrachtete sie lange, und sie wußte, daß, was zwischen ihnen war, so sein würde, wie er es sich wünschte.

Und sie sprachen über viele Dinge. Sie versuchte, ihm von ihrem Leben zu erzählen, aber was darin schrecklich war und häßlich und schmerzlich, ließ sie um seinetwillen komisch erscheinen, ließ es zur Legende werden, zu Folklore, zu einer Geschichte, machte es *groß* mit ihrer schläfrigen Stimme, denn er konnte es nicht kennen. Und er erzählte ihr von sich, schnell, als wäre es ein Traum, den er zu vergessen anfing und mit dem er sich beeilen mußte. Und er sagte: ›Du denkst gern an den Tod, und ich denke nicht gern an den Tod, weil ich ihn einmal gesehen habe und nicht weinen konnte!‹ und sie sagte: ›Weiß ich, warum du nicht weinen konntest?‹ und er sagte: ›Du weißt es‹.

Dann, in einer Nacht, sagte er: ›Ich liebe dich‹, und sie drehte sich um: ›Und liebst du mich‹, sagte sie, und er kam zu ihr und kniete nieder und legte seine Hände auf ihre beiden Wangen, seinen Mund auf ihren Mund, sanft, schnell, und seine Zunge schnellte vorwärts, als wäre sie ein Tier, das begierig ist auf ein neues Gras und doch Angst davor hat, und er stand rasch auf. Da bemerkte sie, daß seine Augen seitlich in seinem Kopf lagen, nicht wie menschliche Augen, die im Profil verschwinden, sondern wie Tieraugen, die klar, gewölbt und blau hervorstehen, die schrägen Wimpern glatt und regelmäßig gesenkt.

Und dann, Madame, fragte sie: ›Wie liebst du mich?‹ Und er sagte: ›Ich liebe dich mehr als irgend jemanden sonst, so wie ich Schwester und Mutter liebe und noch jemanden, den ich einmal geliebt habe und der gestorben ist.‹ Und das Glück wurde beschattet von Bestürzung. ›Mutter‹, sagte er, ›ist schön und dünn, und obgleich sie ruhig ist, ist etwas in ihr, mit dem sie spricht: Psst, psst für Schwester und mich. Schwester ist schön und dunkel, und sie singt tief in ihrer Kehle. »Nun leg ich nieder meine schwere Bürde« und biegt dabei den Kopf zurück, so, um herauszufinden wo es singt. Und wenn sie lacht, lacht sie sehr heftig, sie muß sich, wo immer sie ist wegen ihres Lachens im Bauch hinsetzen, und sie tanzt wie verrückt, und wenn du gesund bist, werden wir miteinander tanzen.‹

Und dann sagte er: ›Liebst du mich wie eine Geliebte liebt?‹ Und er sah sie mit seinen leuchtenden, aufmerksamen Augen an, und sie glitten an ihr vorbei und er sagte: ›Was du dir wünschst, gehört dir.‹ Und in dem Augenblick, als sie glücklich war, beugte er sich vor und sagte: ›Bist du glücklich?‹ und sie sagte: ›Ja‹, und sie war nahe daran zu weinen, ›und bist du glücklich‹, fragte sie ihn, und er sagte: ›Erschreckend glücklich‹. Und dann sagte sie: ›Komm und setz dich neben mich‹, und er kam, und dann begann sie: ›Nun, wo ist der kleine Junge, dem ich die Hand entgegenstreckte und zu dem ich sagte, du wirst kommen und bei mir bleiben bis es Zeit ist.‹ Seine Augen waren wie durch einen Schatten vom Licht geweitet. Ihre Stimme war weit weg, kam wie aus großer Entfernung zu ihm. ›Wir verlieren jenen anderen‹, sagte sie. ›Wenn wir einander kennenlernen, geht es immer so, der eine kommt und der andere geht fort, wir verlieren den einen und können den andern nicht finden. Wo ist jener andere kleine Junge? Er ist jetzt fort und verloren –‹ Seine Augen blickten sie immer noch an mit dem Schatten des Lichts darin, und mit einem Mal lachte er und weinte zugleich mit weitgeöffneten Augen; die Schultern hochgezogen, lehnte er sich zur Seite, und sie richtete sich zu ihm auf und legte die Arme um ihn, so als müsse es rasch sein und sie sagte: ›Mein Liebster, mein Liebster!‹, und er lachte und weinte und sagte: ›Ich muß immer daran denken, daß ich dir vertraut habe‹. Und seine Hände zwischen den Beinen stießen hart gegen das Bett, und sie wußten, daß sie sie an irgendetwas erinnert hatte.

Am nächsten Morgen kam sie an das Bett, in dem er schlief, denn er schlief viele Stunden lang, wie ein Kind, und sie legte sich neben ihn und tat ihre Arme um seinen Kopf auf dem Kissen und beugte sich vor, um ihn zu wecken, und sein Mund, der im Schlaf geschlossen gewesen war, öffnete sich und ihre Zähne berührten seine Zähne und plötzlich zog er die Beine hoch und drehte sich zur Seite und sagte: ›Ich habe die ganze Nacht von dir geträumt, und bevor ich zu träumen anfing, lag ich hier, und ich war du. Mein Kopf war dein Kopf und mein Körper war dein Körper und meine Beine da unten waren deine Beine. Ich dachte, ich bin verrückt.‹ Und er sagte: ›Was tust du da mit mir?‹ Und sie stand auf und trat ans Fenster und sagte: ›Du bist's, der es tut.‹

Und dann kam er herein in einem langen Morgenmantel, die Augen voller Schlaf und brachte ein Tablett mit der Teekanne und den *brioches* und dem Honigtopf, und noch ganz im Schlaf tat er sich Krumen und Tee in den Mund und hielt eine ihrer Hände mit seiner Hand. Also, Madame, legte sie sich, um den Schmerz in ihrem Herzen zu lindern, eine Geschichte zurecht und machte einen Plan, aus dem nie etwas werden würde.

›Du bist mein kleiner Bräutigam‹, sagte sie, ›und wir werden im *Bois* herumfahren, denn das ist ganz gewiß etwas, das man tun muß, wenn man verliebt ist, und du wirst das große Uniform-Cape tragen, und wir werden an der Ritz-Bar Cocktails trinken, und wir werden die Seine in einem Boot hinunterfahren, und dann werden wir zusammen nach Wien reisen und werden in einer offenen Kutsche durch die Stadt fahren, und ich werde deine Hand halten und wir werden sehr glücklich sein. Und dann fahren wir auf dem Wasser weiter nach Budapest, und du wirst dich in deinen Mantel wickeln und jeder wird uns für sehr ansehnlich und geheimnisvoll halten, und du wirst wissen, daß du eine Freundin hast.‹

Seine Augen waren riesig und sein Mund lächelte das kleinere innere Lächeln, und er sagte: ›Wie konnte ich wissen, daß ich verheiratet werde!‹

Und später, Madame, als sie aufstehen und wirklich gehen konnte, wanderten sie durch den Luxembourg-Garten, und er hielt ihren Arm fest und sie zeigte ihm die Statue der Königin, die eine kleine Königin in der Hand hält, und er zeigte ihr einen von drei laufenden Jungen; und sie betrachteten all die Blumen, die der Regen niedergeschlagen hatte und die Spaliergitter für Wein und Pfirsiche, die, von Papiersäcken umhüllt, aus der Ferne aussahen wie eine unbekannte Art Lilien. Sie wanderten unter den hohen dunklen Bäumen ohne Äste bis sie etwas weiter oben waren, und er fragte: ›Wieviel von dir gehört mir?‹ und sie antwortete: ›Alles was du dir wünschst‹. Und er sagte: ›Ich würde Weihnachten gern mit dir zusammen sein‹, und dann: ›Mir und niemand anderem?‹ und sie sagte: ›Was dir gehört, gehört niemand anderem.‹

Und dann gingen sie nach Hause, Madame, und tranken Tee am hellen Kaminfeuer, und er sagte: ›Du hast keine Schmerzen mehr, und ich muß jetzt gehen.‹ Und sie wußte, es gab einen Zauber in ihnen, der zerbrechen würde, wenn er ihr Haus verließ. Und sie sagte: ›Was wirst du tun, wenn ich sterbe?‹

Und er sagte: ›Ein Wort unter den Namen.‹

Und sie sagte: ›Welches Wort?‹

Und er sagte: ›Geliebte.‹

Und dann fing er an, sich auf das Weggehen vorzubereiten. Als sie ihm beim Anziehen zusah, sank ihr das Herz, endlos, ins Dunkel sank es, und die Freude streckte eine Hand aus, um es aufzuhalten, aber es fiel weiter und weiter; und der Kummer streckte eine Hand aus und es fiel, und sank und sank als er sich die Haare bürstete und sich seinen Nacken puderte, diesen allmählichen, zarten Nacken, und als er den Kopf erst zur einen und dann zur anderen Seite wandte und sie im Spiegel über die Schulter hinweg ansah und langsam wieder wegsah und rasch wieder zurückblickte zu ihr, und seine Augen waren sanft und freundlich.

Und es hatte wieder zu regnen angefangen und es war dunkel rund um die Kerze, die er sich für seine Packerei geholt hatte, seine Bücher und seine Hemden und seine Taschentücher, und er beeilte sich den Koffer abzuschließen, weil ein Freund kam, um ihm tragen zu helfen, und sein Haar fiel nach vorn, lang, glatt, schwingend, und er sagte: ›Ich komme in zehn Tagen zurück, und dann reisen wir. Und ich werde dir jetzt jeden Tag schreiben.‹ Und sie sagte: ›Du mußt nicht gehen‹, und er antwortete ihr mit seiner leichten kleinen Stimme: ›Ich gehe jetzt, damit ich weiß wie es sein wird, wenn du für immer fort gehst.‹ Und sie zitterte im Dunkeln und ging in ihr Schlafzimmer und stand da mit dem Rücken zur Wand, eine große weinende Gestalt, weinte und stand still, und er schien es zu wissen, obgleich sie keinen Ton von sich gab, denn er kam zu ihr herein und er legte seine Hände auf ihre Schultern und seine dünnen Unterarme auf ihre Brust, und er sagte: ›Du bist zutiefst gut, und ist alles in Ordnung mit dir?‹ Und sie sagte: ›Ich bin ganz fröhlich‹. Dann nahm er seinen Koffer und seine Bücher unter den Arm, und küßte sie schnell und öffnete die Tür, und da kam sein Freund die Treppe herauf. Und sie schloß die Tür und lehnte sich dagegen.«

Frauen unter Frauen

Zwei Damen trinken Tee
Stück in einem Akt

PERSONEN

Gräfin Lupa Nicoletti
Fanny Blaze

SZENE

Der Salon in Gräfin Lupa Nicolettis kleiner Villa mit Blick auf einen der blauesten italienischen Seen.

Die Wände wirken sanft melancholisch mit Stichen längst vergangener Sinnenfreude. Eine Myriade winziger Glasgehänge spießt die Atmosphäre auf ihre glitzernden Spitzen auf. Venezianische Spiegel, die in ferner Zeit mit spröder Beharrlichkeit gelogen haben, lügen noch immer, aber es ist keine undankbare Aufgabe, denn das Gesicht, das gelegentlich vor ihnen innehält, ist geheimnisvoll, schön und kühn zugleich.

Die Gräfin sitzt an einem Schreibtisch und hält das Ende eines mit Perlmutt besetzten Federstiels locker gegen die Wange. Obwohl sie sitzt, ist zu erkennen, daß sie hochgewachsen und stattlich ist. Sie wirkt wundervoll in ihrer schwarzen Spitze und verrucht durch ihr sündhaft teures Parfum. Das Motiv ihrer blauen und roten Ohrringe ist in den hohen Fenstern direkt hinter ihr weiter ausgeführt, in der Darstellung der Geburt Jesu, im ergreifendsten Augenblick der Rekonvaleszenz der Mutter.

Die Gräfin ist von unbestimmtem Alter. Wenn sie sich bewegt, so geschieht es mit einer gefährlichen Knappheit der Gestik, der Bewegung eines Schwertes in der Scheide, begleitet von genau dem richtigen Rascheln rebellischer

Bänder und verzweifelten Tafts. Sie ist so fürchterlich blasiert, daß es ihr gleichgültig ist, was sie als nächstes schaudern macht.
Sie ist allein, obschon sie offensichtlich eine Person zum Tee erwartet. Zwei zierliche Tassen stehen auf einem Tablett in Reichweite.
Der Ton einer fernen Glocke ist zu hören und irgendwoher vom See der Schrei eines klagenden Vogels, der sich anschickt, auf beiden Füßen zu stehen.
Dann senkt sich Stille herab. Jedoch bald darauf bemerkt die Gräfin die Anwesenheit von Fanny Blaze, einer jungen Amerikanerin. Sie ist den Gartenweg heraufgekommen und steht jetzt da, an die Flügeltür gelehnt. Langsam tritt sie herein. Sie ist blond, in Hyazinthrot gekleidet und ist ohne Schmuck, mit Ausnahme einer einzigen roten Rose, die sie sich hinters Ohr gesteckt hat. Wenn du in Italien bist, machs wie die Italiener, etc.
Sie ist nicht einmal mittelgroß, aber, so könnte man sagen, auf exquisite Art zu kurz geraten. Es ist offensichtlich, daß die beiden sich zum Tee und zu einem Anschlag aufeinander getroffen haben.

FANNY
tritt näher, unbefangen, herzlich Darf ich?

LUPA
steht auf, liebenswürdig, beide Hände ausgestreckt Oh, meine Liebe.

FANNY
Es ist sehr warm, nicht wahr?

LUPA
Grauenvoll! Aber hier im Schatten –

FANNY
Ideal.

LUPA
gießt Tee ein Vielleicht möchten Sie lieber etwas mit Eis trinken?

FANNY
Oh, ich danke Ihnen, nein. Nur ein wenig Zitrone. Es ist immer so rührend, wenn man in Italien russisch ist.

LUPA

der Schatten eines Lächelns liegt auf ihren Lippen Oder in der Fremde zuhause – – oder ruhig in einem Sturm –

FANNY

rührt mit ihrem Löffel genau im Kreis Ganz recht.

LUPA

sanft, ihre Tonlage auf Gastfreundschaft abgestimmt Sie sind verliebt in meinen Mann, den Grafen?

FANNY

wendet den Kopf etwas zur Seite, steckt die Rose zurecht Vernarrt.

LUPA

Könnte es sein, daß Sie naiv sind?

FANNY

Nein. Gescheit natürlich.

LUPA

Ach ja. Und was haben Sie als Gattin meines Mannes zu bieten?

FANNY

Nichts. Er muß einfach zusagen.

LUPA

Sie sind reich?

FANNY

Aber nicht ganz auf amerikanische Art.

LUPA

Ich liebe die kleinen, blonden, freimütigen Frauen.

FANNY

Und ich, ich bin fasziniert von Ihrer hoch aufgeschossenen Brutalität.

LUPA

Sie wissen natürlich, daß ich besser reite als Sie?

FANNY

Ohne Frage.

LUPA

Ich habe eine gute Hand mit Tieren.

FANNY

enthusiastisch Als ob ich das nicht wüßte.

LUPA

leicht gedehnt Ich habe einen schönen Fuß. Er macht sich gut in einem Steigbügel, beim Abwärtsschreiten auf einer Treppe, auf einem Nacken –

FANNY

nickt Dafür sind meine verkrüppelt von zu engen Schuhen. Aber sie sind reizvoll –

LUPA

Und ich habe eine scharfe Zunge –

FANNY

Meine liebe Gräfin, Sie sind brillant, hinreißend, faszinierend. Wäre ich ein Mann, würde ich selbstverständlich Sie wählen. Aber Männer sind dumm, sie lieben die Sicherheit über alles; deswegen wird Ihr Mann mir nachhause folgen wie ein Küken.

LUPA

stützt sich auf ihre beringte Hand Was findet er eigentlich an Ihnen?

FANNY

Tja, um es mit Scott Fitzgerald zu sagen: das sprachlose Dummchen.

LUPA

Sagen wirs vielleicht anders herum: Was stimmt nicht mit mir?

FANNY

ungeduldig Sie sind grandios. Das reicht. Wenn wir Branntwein wären, würde ich sagen, daß ich schwarz gebrannt bin und Sie sind im Faß gereift. Sie sind zu perfekt. Sie brauchen keinen Schliff. Was wollen Sie mit einer lebenslangen Ergebenheit anfangen? Sie werden fortbestehen, wie das Meer, ganz gleich, welche Schaluppen auf Ihnen fahren.

LUPA

lächelnd Was wollen Sie denn mit Nicoletti anfangen, wenn Sie ihn kriegen?

FANNY

Großer Gott, daran hab ich noch gar nicht gedacht. *Sie beginnt, an den Fingern aufzuzählen* Ich verspreche, ihn gegen die Kälte einzupacken, ihm wenigstens einmal in jeder Saison ein neues Gericht vorzusetzen, und hin und wieder werd ich ihn ein klein wenig eifersüchtig machen, wenn wir im 1. Klasseabteil irgendeines Zuges sitzen, indem ich meinen Platz wechsle.

LUPA

Sie überzeugen mich beinah –

FANNY

mit einem Seufzer der Ekstase Liebste!

LUPA

Das werden Sie keineswegs tun.

FANNY

abrupt aus ihrer Ekstase gerissen Werd ich nicht tun?

LUPA

erhebt sich zu ihrer vollen Größe und zündet sich, mit furchteinflößender Gelassenheit eine Zigarette an Sehen Sie, zunächst einmal, der Graf hat einen von jenen ausgewölbten Schädeln, die in einer Familie nur dann auftreten, wenn das Blut gegen jeden Schrecken unempfindlich geworden ist, das Herz gegen jede Qual und der Geist gegen jede neue Philosophie. Der Graf ist in jedem Zug für ein glanzvolles Begräbnis geschaffen, – nicht mehr, nicht weniger. Es wird seine letzte Geste sein. *Hebt die Hand* Halt, damit meine ich nicht, daß man ihn töten soll. Das wird er selbst, zur rechten Zeit, besorgen, genau im richtigen Augenblick, vorbildlich, lässig. Es wird, das verspreche ich Ihnen, großartig sein, auf unwiderrufliche Art vollendet. Es wird jedoch, wie gesagt, seine letzte, seine allerletzte Geste sein, meine liebe Fanny Blaze.

FANNY

steht nervös auf Ich kann mich nur auf Ihr Wort verlassen.

LUPA

lacht, ein nachsichtiges, freudloses Lachen Auf mein Wort, meine Liebe? Nein, Sie haben die Zeit als Garantin. Sehen Sie sich ihn selbst an. Was Sie für Noblesse und Grandeur gehalten haben, war nobel und war groß. Aber die Noblesse kam aus dem Wissen, daß nach mir niemand sein wird; und die Grandeur kam aus der Sicherheit eines solchen Wissens. Der Graf war müde, als ich ihn heiratete, vor etlichen zwanzig Jahren. *Sie streckt die Hand aus, mit einer großmütigen Bewegung, nicht ohne eine gewisse Belustigung* Auf mein Ehrenwort, meine Liebe –

FANNY

Irgendwie komme ich mir äußerst lächerlich vor, mit einem Mal, es war doch vorhin so nett –

LUPA

Und es wird es gleich wieder sein. Sie haben keinen Grund zu verzweifeln. Sie sind ein junges, charmantes Mädchen, und Sie haben eine unbezahlbare Eigenschaft – Sie werden es damit weit bringen –

FANNY

Was?

LUPA

Diesen Impuls »Sprich zuerst mit ihr«, sehr selten, meine Liebe, sehr selten.

FANNY

Sie machen sich lustig über mich.

LUPA

Nein, ich stelle Sie auf den Platz, auf den Sie gehören.

FANNY

Gräfin Lupa!

LUPA

achtet nicht auf die Unterbrechung Ihrer Zeit voraus: Sie hatten sich nur ein wenig auf die falsche Generation eingestellt, das ist alles.

FANNY

Was wollen Sie damit sagen?

LUPA

Daß Ihre Zukunft gesichert ist, meine Liebe. Ich habe einen Sohn.

Dies ist also die Geschichte von einem Mägdlein, so fein wie nur je eins das Bett genäßt, welches Evangeline Musset geheißen und innerlich ein einzig großes Rotes Kreuz war, das für die Verfolgung, Erleichterung und Zerstreuung solcher Mädchen glühte, die an ihren hintern oder auch vordern, oder welche Partien sonst ihnen gar arg zu schaffen machen, grausam zu leiden haben, sei's nun es juckt sie in der Hand, seien da gräßlich brennende Bezirke, was häufig vorkommt in der Frühjahrszeit, oder wenn sie auf behaglich warmem Stoffe niedersitzen, mag sein auf Pelz, mag sein auf dicken Brücken, orientalischen (die schon vom Muster her, so scheint es, Hüftbezirk und Hinterviertel ein solches Sehnen anbefehlen, daß es ganz unerträglich ist), oder wenn sie, wieder anders, auf warmen Öfen sitzen, wovon man weiß, daß eines aufflog mit einem »Oh du mein Gott! Was ist das für ein Mädchen bloß für eine Welt, und sei es noch so sittig und seelenruhig und frei von Absicht – treiben es die Triebe ja doch zum Kreischen arg, und immer ärger, bis daß es schließlich, aufgelöst, mal hierhin und mal dahin rennt nach einer Simpelsalbe, um seine Pein zu stillen! Und woher kommt das nur, daß nie ein Philosoph, aus welchem Holz auch immer, inmittst des hübschen Grünzeugs seines Gartens einmal ein Kraut entdeckt hat, das jenem Teil Genüge tut, so daß vielmehr von dem Tag an, da wir gleichgültige Materie, bis hin zu diesem, da wir uns als majestätische Persönlichkeiten des göttlich menschlichen Geschlechts erweisen, ihm nichts so tröstlich ist wie andere im selben Maß entflammte Teile oder der Trost, wie jede Frau ihn in den Fingerspitzen oder gerade dort hat, wo die Zunge fertig ist?«

Zu dem Behuf nun ward Evangeline Musset geschaffen, Dame aus vornehmem Geschlecht, die, in den frühen Achtzigern, sich vom Familientandem losgesagt, woran die Mutter und der Vater ein ziemliches Vergnügen hatten, zugunsten der verqueren Freude am Schwuppsrittlings, wie jeglicher Freisasse sie empfindet, wenn er sich aufmacht, seine Ernte einzuheimsen, und die von soviel Rütteltrab und Galoppieren

Stund um Stund an Fraulichkeit verlor, »wenn mir auch niemals«, sagte sie, »das griechische Mysterium in den Sinn kam, das als das blitzesschnelle Aus-den-Hoden-Fahren nebst sämtlichen Begleitumständen bekannt geworden ist!« Was angeblich einer geradezu schon byzantinisch frechen Range der trojanischen Periode mehr zu ihrer Überraschung als zu ihrer Freude widerfuhr. Doch bleibt es ein begrüßenswerter Umstand, daß die Zeiten es für angemessen hielten, dies Wunder zu tradieren, denn ewig quillet Hoffnung in des Menschen Brust.

Manch einer hat bereits bemerkt, daß die Frauen den Pips der Romantik in sich haben, einen so wohlgediehenen, empfindsamkeitsgeschwellten, daß sie, kaum erreichen sie ein unbestimmtes Alter, Staubwedel, Sprößling und Gespons abspenstig werden und nur wenig später, erschlafft zur Gänze, zu sehen sind, wie sie an einer Säule des falschen Pathos hängen.

Evangeline gehörte nicht zu denen, war sie doch im holden Mutterleib entwickelt worden, damit ein Knabe daraus würde, weshalb sie denn, um etwa einen Zollbreit knapper ausgefallen, dem kleinen Irrtum keinerlei Beachtung schenkte, sondern ein Wams anlegte, ein süperb gepufftes und gepunztes, dazu ein buntes Halstuch, das die Schärpe abgab, und Watstiefel anzog mit leuchtend roter Furt (denn das Waten war gar naß) und ihre Peitsche in die Hand nahm, ihre Hündchen um sich scharte und aufbrach auf der Straße des Geschicks, der Zeit entgegen, wo die Tierchen Bluthunde, ihres Namens würdig bis in die Spitzen ihrer Schwänze, und gespitzte Vorstehhunde wären, worauf sie denn geduldig harrten unter den Zypressen und Zweigen des Aloenbaums und Madrigale dichteten, gleich ihr, auf alle süßen zügellosen Dinge.

Ihr Vater brachte, wisse man, manch einen Abend, wenn der Wind ging, damit zu, seine Bibliothek in einem ganz normalen Nachthemd zu durchmessen, während er auf Wege sann, wie er sein irrgegangenes Kind zu dem zurückgeleiten könnte, was immer schon für eine dem Weib genügende Religion und Tätigkeit erachtet wurde; denn schon rafften, kaum daß Evangeline bei Duchess Clitoressa of Natescourt zum Tee erschien, die dort hereingeschneiten Frauen (die bourgeoisen, wohlgemerkt, die eigentlich auf einem Botengang zu einer hübschen Kirche katholischen Gepräges waren, Säuglinge an der Brust, am Arm die Gatten) die Röcke, um sich nur nicht anzustecken, und ob des hastigen, durchbebten Röckeraffens zuckten ihre Lieben ein jedes Mal derart zusammen, daß es von Mal zu Mal die ganze Teegesellschaft mitbekam und abzusehen war, wann Evangeline eine wäre, an die man nur aus Großmut das Wort noch richtet, was nie und nimmer, wie ihr Vater wohl erkannte, der Weg sein konnte zum Altar.

Wie oft nahm er sie sich nicht vor, indem er sagte: »Tochter, Tochter, ich erkenne in dir höchst vaterseitige Gefühle. Was tu ich nur?« Und sie erwiderte dann ziemlich heftig: »Ihr güt'ger Lenker, rechnetet doch wohl auf einen Sohn, als Ihr, zuoberst Eurer Auserwählten laget – weshalb seid Ihr dann aber todgekränkt, wenn Ihr erkennt, daß Euer Wunsch Gehör gefunden hat? Gerate ich denn nicht genau nach Eurem Sinne, und ist es nicht nur umso löblicher, daß ich's ohne zünftiges Rüstzeug tue und doch nicht klage?«

Zu der Zeit nun, von der ich schreibe, war sie zu einer kundigen, gewitzten Fünfzigerin geworden, und wenngleich von untersetztem Wuchs und keineswegs erfreulich anzuschauen, war sie doch sehr begehrt und so berühmt für ihr Genie, was sie nur in die Hand nahm, dem Gipfel zuzuführen, und weithin so geschätzt für ihre Zungenfertigkeit, daß sie es schließlich bis zur Ruhmeshalle brachte, wo seelenruhig sie neben einer Venus stand oder auch sich an ein Tränenkrüglein lehnte mit einem Schwämmchen, denen zugedacht, die ihr zu Zeiten vorgeweint und sein' bedurften.

So beginnt dieser Almanach,
Den alle Damen bei sich tragen sollten wie
Der Priester sein Brevier, der Koch die
Rezepte, der Arzt die Arznei, die
Braut ihre Ängste und
Der Löwe sein
Gebrüll!

Sie stimmten nicht recht überein
Amelia und die Sorglose Kate verlassen ihr Heim für immer

Nach diesem Aufschaum von schlechter Laune und Kampf ging die Sorglose Kate türenschlagend in ihren Bereich (den sie in der Wut ihrer Frustration »meine Zuteilung« nannte) des Hauses und sagte: »Ich werde diesen Ort für immer verlassen. Magerschenkel (niemand anders als Amelia, lieber Leser!) soll nie wieder das Vergnügen haben, mir zu sagen, wo ich hergekommen bin und wo ich hingehen möge!«

Nach diesem Aufschaum von schlechter Laune und Kampf schritt Amelia de Grier fort in ihren Bereich (oder wie sie ihn in geduldiger Verachtung bezeichnete: »mein Schuppen«) und sagte: »So etwas will ich nicht mehr, alles hat seine Grenze, und ich werde keinen Tag länger in diesem Schweinestall leben, der jene große Saublase (Kate in einem anderen Kleid, lieber Leser!) von einem Weib beherbergt!«

Der Tag war, abgesehen von dem Streit, zum Ruhme des Herbstes geschaffen. Ein guter Tag (so man Frieden im Herzen fühlt), mit einem Buch anzufangen; ein Tag (so man mißgelaunt ist), um sich auf ein Pferd zu schwingen und bis ans Ende der Welt zu rasen. Und das tat Amelia, auf dem grobknochigen Hisodalgus, dem Pferd-das-Liebkosungen-brauchte, denn sie hatte sich dank Wendells abgelegtem Jagdanzug wohl mit einer Reithose versehen und das Geschöpf mit dem allerbesten Sattel gesattelt, mit geflochtenem Leder verziert; und sie gab den Flanken beharrlich und keineswegs mütterlich die Sporen und hinterließ einen Staubwirbel in der Luft.

Beim Reiten wandte sie den Kopf von einer Seite auf die andere, wie es ihre Art war. Sie war grimmig und heiter bei dem Gedanken, wie lange sie zu Hause ausgeharrt hatte, zerbrechendem Porzellan und dem Zank zwischen Kindern und Geliebter zuhörend, während nun ihr zu oft beladenes Becken sanft und angenehm im Galopp des Pferdes schaukelte, denn von jetzt an war alles frei und offen und würde kein neues Ungemach ausbrüten.

Die Zügel locker haltend, dachte sie an die Sorglose Kate mit ihrem großen wabbelnden Bauch, die mutmaßlich nun eine Saison lang zu Hause herrschen würde, und »Mag es verdammt für sie sein«, sagte die sanfte Amelia.

Sie ritt über Kornfelder und an Holzfällern vorbei, auf den Gipfel des Hügels, und wieder hinunter, wo sie in fünfzehn Jahren nie vorbeigekommen war, und sah die Kornmäher mähen und eine alte Windmühle, die mit Wasser arbeitete, und den Pflug, der von der Erde getragenes Zeug hochbrachte. Es gefiel ihr gut.

Sie war so ins Träumen versunken, daß sie unversehens in ein Moor ritt, ohne zu schauen, wo Stinkkohl gehörig wucherte. Sie summte vor sich hin (einen Takt aus dem »Frühlingslied«, wie es im Konservatorium gesungen worden war), trat die Binsen nieder, schaukelte über das grüne Moos und das graue Moos, immer unter Zweigen.

Sie bog in die Parkstraße ein. Weiter als eine Meile erstreckte sie sich bis in dünnes Verschwinden, und weit hinten entdeckte sie einen Fleck in einer Staubwolke. Dachte sie: »Noch ein Reisender, und im Vorbeireiten werde ich singen, um ihn zu erheitern.«

Und so setzte sie ihren Weg folgendermaßen fort:

Für einen Groschen Grog, ihr Jungs,
Und ein Mädelchen umfaßt,
Dieser Reim hängt mir am Herz
Wie der Bankert an dem Ast!

Laut und langgezogen singend, die Augen zu einem dünnen Strich geschlossen, war sie schon fast auf einer Höhe mit dem Reisenden aus der anderen Richtung und wäre vielleicht an ihm vorbeigeritten, hätte nicht am Ende ihres Liedchens jemand von so gleicher Stimmung es durchquert, daß sie mit großen Augen im Sattel saß.

Ich wollte was, drei Groschen wert,
Was aber bracht' man mir?
Ein magrer Hering kam ins Haus,
Der brummt und schnappt nach mir!

Und, an ihr vorbei eilend, in geneigter Haltung, ritt die Sorglose Kate auf der roten Kuh, hoch oben sitzend und schwankend, auf dem Damensattel, den Amelia noch eine Stunde zuvor verschmäht hatte.

»Allmächtiger Gott!« sagte Kate.

»Dies Kompliment werde ich in gar keinem Grade erwidern!« sagte Amelia, und sie hielten an.

»Ziegenhaut!« sagte Kate.

»Schweinsblase!« sagte Amelia und plumpste mit einem kümmerlichen Sprung vom Pferd. Kate versuchte ebenfalls, sich der Länge nach von ihrem Reittier herabzulassen, aber ob es nun daran lag, daß sie zu fette Füße hatte und daher wie die Braut am Eheband in den Steigbügeln hing oder daß sie einfach unfähig war, ein so großes Gewicht an bebendem und entrüstetem Fleisch zu heben, ist schwer zu sagen, da hing sie jedenfalls, mit herausgestrecktem Hintern, bis Amelia, mit vor Wut weitgespreizten Fingern, sie herauspflückte und vor sich hinstellte.

»Jetzt«, sagte Amelia, »werden wir zum ersten Mal im Leben einen gerechten Kampf ausfechten, denn du hast niemanden als dich selbst, auf den du zurückfallen könntest, und eine von uns wird diesen Platz nicht lebend verlassen. Wenn *ich* den Sieg davontrage, werde ich dein Herz an jenem Erdnußbaum dort aufhängen und die Leber zur Gesellschaft daneben befestigen, als Warnung für hurende Weibsstücke. Wenn *du* es bist, kannst du tun, was dir beliebt, aber um deine träge Einbildungskraft und dein fruchtloses Denken zu lenken, möchte ich sagen, daß ich immer die phantastische Vorstellung hatte, in die Äste eines Baumes gelegt zu werden, wenn die ganze Seele aus mir gewichen ist, weder Stoff noch Faden zwischen mir und dem Vergnügen der Vögel!« Und daraufhin begann sie die Sache mit einer Ohrfeige.

Das Roß Hisodalgus und die Kuh Sally, die einander gut kannten – hatten sie nicht manch einen Monat Seite an Seite gefressen? –, standen dabei und wärmten sich an der Hitze des Gefechts, das unter heiterem und ungetrübtem Herbsthimmel tobte. Zuerst war es Kate, die unterlag, dann war es Amelia, bald wehte schwarzes Haar im Wind, bald mausbraunes; dann floß gutes englisches Blut, und dann waren es ungewisse und vermischte Ströme, die an der Nase der Niemandstochter herabrannen. Dann waren hohes Kreischen und tiefes Knurren zu hören, und es war hier und dort und überall, bis weder die Hosen noch das Gingankleid mehr ganz waren und jede sehen konnte, welche Reize die andere für Wendell hatte, bevor der gelenkigste und agilste Schiedsrichter sich hätte eine Meinung bilden können, wie das Spiel stand.

Zu diesem Zeitpunkt war Amelia, die von Angelsächsischem zehren konnte, eine armselige Gestalt, ganz ausgedörrt, aber heftig schnaufend, während Kate, die von südlicher Abkunft war und sich auf nichts Kräftigeres stützen konnte als venezianische Generationen und ein bißchen Grafschaft Cork, in Tränen ausgebrochen war und Ausfälle machte, die einem menschlichen Hieb ganz fern standen. Amelia, dies sehend und keineswegs unritterlich gegen ein Weib, steckte die Hände in die Taschen, überreichte ein sauberes leinenes Taschentuch und stand da, auf den Fersen wippend.

»Du bist schuftig, unbezweifelbar«, sagte sie. »Gedenkst du, Kind und Kegel schutzlos zurückzulassen und alles, was dir so unrechtmäßig zugekommen ist? Ist denn keine Scham in dir, denn du weißt wohl, das Brot ist zum Kneten fertig, und es ist Donnerstag, und du bist dran? Oh, ich halte dich wahrhaft für einen höchst gemeinen Flecken auf dem Wappenschild!«

»Nun denn«, sagte Kate, weinend und in das Leinen schnaubend, »aber was tust du selbst eigentlich auf dieser Straße, als dich mit heißen Sohlen davonzumachen und obendrein zu trillern, geradewegs ins Himmelreich, ohne, soweit ich sehen kann, eigenes Kind oder Kegel auf dem Sattel!«

»Dies«, sagte Amelia, »illustriert hübsch den Unterschied zwischen der Legitimen und der Illegitimen. Da wir gekämpft haben, ist es dienlich, auf die Theorie zu kommen. Gieß dir also Folgendes ins Hirn und würz es mit Zucker und Zimt: der einzige Unterschied zwischen dem Bastard, per se, und dem Kind des Ehestands besteht darin, daß die Frau aus dem Haus gehen darf, die Geliebte dies aber nicht kann, doch hör die hübsche Pointe des Arguments, daß nämlich die Frau ein Haus betreten darf, aber die Geliebte draußen bleiben soll. Wenn du also ein bißchen Grips im Kopf hättest oder irgendeine Neigung zur Mathematik, hättest du mich nicht vor die Notwendigkeit gestellt, mir selbst um solche Pointen Sorgen zu machen, und glücklicher wären wir beide gewesen, noch hätte ich dieses Tags einen Pferdesattel bestiegen, noch wärst du von einer Kuh heruntergeprügelt worden, so du nicht alle Tage deines Lebens in der falschen Richtung gegangen wärst.«

»Es ist ein schlechter Wind, der niemandem Gutes weht«, sagte Kate hitzig.

»Und was willst du wohl damit sagen?« fragte Amelia streng.

»Ohne mich und mein gelinde umgekehrtes Verhalten, wo wäre dann eine Theorie eingebettet? Nicht in deinem Kopf, wette ich, sondern im Kopf irgendeiner anderen Ehefrau, der ich dazu verholfen hätte. Denn ohne solche wie mich gäbe es keine wie dich.«

»Mädchen«, sagte Amelia, warf einen verblüfften Blick auf sie und zollte ihr mit dieser Anrede die höchste Ehre seit fünfzehn Jahren (denn sonst war sie ihr stets »jenes Weib!« und »jenes Geschöpf!« gewesen) – »Mädchen, zwischen der Ursache, die du bist, und der Wirkung, die ich bin, könnte ich tatsächlich Vernunft sehen, und ich war immer der Ansicht, daß die, wie ein Säugling, zwischen zwei Frauen geboren wird!«

Damit half sie Kate in den Sattel, schwang sich in ihren eigenen, und sie wandten sich richtig nach Norden, denn die Luft schmeckte nach Regen, und die Nacht war nicht fern, ganz zu schweigen von der Notdurft in den Bäuchen der Tiere, die klagend die Schwänze hoben, eins muhend, das andere wiehernd, während sie unter den Bäumen heimwärts Dienst taten.

»Ich werde dich ans Tor begleiten, meine Liebe«, sagte Amelia.

»Das ist ganz reizend von dir«, sagte Kate und ließ den Kopf hängen.

»Es ist stets die Stellung der Ehefrau«, sagte Amelia, »das Bett für die Hure zu wärmen und das Ungemach nach Hause zu bringen. Sag jetzt nichts mehr.«

»Eine ganze Menge werde ich noch sagen«, rief Kate. »Wenn du denkst, für den Eindringling wäre alles bloß Honigschlecken, dann gibt es doch noch einen anderen Blickwinkel auf die Angelegenheit, der nach Rache schreit. Ich bin ein Weib, das es liebt, selber anzuwärmen, und egal, was ich auch bin, keine Vertiefung in der Matratze vorzufinden, die von einer anderen Gestalt als meiner eigenen erzählt, und zu einem Mann zu kommen, der von keiner Vorsorge befeuchtet ist, und sei die auch legal. Glaubst du, es gäbe irgend etwas für mich in dieser oder in der nächsten Welt? Denn weder in dieser Welt noch gar in einer anderen werde ich aufstehen, um mehr als die Hälfte eines Mannes zu beanspruchen!«

»Was beanspruche ich«, sagte Amelia bitter, »und zwar deinetwegen? Beanspruchsts du ein Recht, da zu sein, wo du bist? Die Hälfte hast du, dumme Trine, weil es einer anderen Frau das Ganze war!«

»Im Leben und im Tod«, erwiderte Kate, »kannst du an ihn als aus einem Stück denken: dein Stück und das Stück, das du fahrenlassen mußtest. Immer kannst du im Sinne der Barmherzigkeit an ihn denken; während ich mich nur mit dem Gedanken trösten kann, daß du besessen und nicht besessen hast – also zwei Zustände –, während ich dasitzen und für einen dankbar sein muß.«

»Pest und Verderben!« rief Amelia, »ich glaube, das Weib will die Sache diskutieren! Hat man dich etwa eingeladen?«

»Allerdings«, sagte Kate.

»Wann?« fragte Amelia und gab grausam die Sporen.

»Als«, sagte Kate, »du nicht auf die Größe der Betten geachtet hast, sondern eine Herberge für drei ins Haus gestellt hast.«

»Dies«, sagte Amelia, »geht über die Duldsamkeit eines Weibes. Sofort werde ich dich da heruntersammeln und die Kontroverse von der anderen Seite der Nase her anfangen! Wenn man ein Bett bauen wollte, auf dem du nicht ruhen könntest, müßte es schmal wie ein Messer sein, und selbst dann würdest du es zweifellos querlegen und draufklettern!«

Kate lächelte. »Ich bin Mutter«, sagte sie, »aber ich bin es nicht mit der Sicherheit, wie es eine große Oberfläche beweisen würde.«

»Halt!« rief Amelia. »Du widersprichst dir selbst. Bett oder kein Bett, du hältst dich nunmehr für unvermeidlich?«

»Nur allzu wahr«, gab Kate zu und senkte die Blicke, »vielleicht war das Bett es nicht so sehr, wie es hätte sein können.«

»Genau«, sagte Amelia. »Ich hätte dich mit einem Spaten erschlagen sollen, als mein Blick zum ersten Mal auf dich fiel.«

»Das kommt drauf an ...«, sagte Kate.

»Worauf, bei Gott?« fragte ihre Weggenossin.

»Auf deine Gemütsverfassung. Wärst du gelaunt gewesen, mich zu erschlagen, du hättest zugeschlagen, wenn nicht ... na gut, hier bin ich.«

»Denkst du«, sagte Amelia, tief auf ihr Tier herabgebeugt, um die ausgebuchtete Gestalt ihrer Genossin in größerer Nähe zu haben, »daß es mir an Mut gefehlt hat?«

»Oder was sonst?« sagte Kate und blickt in die Ferne, wo die Heimstatt in Sicht kam.

»Vulgär, vulgär, vulgär«, keuchte Amelia. »Te Deum, Te Deum, Te Deum! Ich erschlug dich nicht, weil ich vertraute. Ich hatte Vertrauen in mir, Wendell wäre eine große Summe, verloren in einer kleinen und unbedeutenden Bilanz; ich erschlug dich nicht, weil ich mir einbildete, er wäre einen Zoll größer als der höchste Zoll des Schobers; ich erschlug dich nicht, weil ich reich vom Leben dachte; ich erschlug dich nicht, weil ich urteilte, er wäre größer als mein Urteil, ihn über meine eigene Ehre ehrte und ihn jenseits meiner Liebe liebte; und ich finde ...«

»Ja?« sagte Kate ziemlich unbekümmert.

»Daß er mit dem Gewürm nistet, daß unter dem Schatten seiner Flügel Verderbnis brütet, daß er Bastarde mausert und höchst schlechte Eier heckt!«

»Ich rieche Ironie«, sagte Kate.

»Du riechst Verurteilung, das ist dasselbe«, sagte Amelia, »für die gewöhnliche Nase.«

»Ich habe so gutes Blut wie du!« sagte Kate, langsam schaukelnd.

»Wenn du gutes Blut hast, ist es unter die Seeräuber gefallen«, sagte Amelia prangend, »und daher immer schon verwirkt.«

»Verstehe ich recht, daß du meine Legitimität in Frage stellst?« fragte Kate tief entrüstet und rollte ihre Augen mit schrecklicher Vorbedeutung in Amelias Richtung.

»Es gibt kein legitimes Zittern in deinem ganzen großen Fleischberg«, sagte Amelia abschließend.

»Ich glaube wirklich, jetzt reicht es«, sagte Kate, »und weil ich besser im Werfen als im Faustkampf bin und weil ich nichts bei mir habe ...«

»Ich kann nicht über die Pflichten der Stunde hinaus zanken«, erwiderte ihre Genossin. »Da es schon recht bald

Abendessenszeit ist, werde ich dir Lebwohl sagen und voranreiten, wenn du auf deiner roten Kuh nicht rascher vorankommst.«

»Verstehe ich dich richtig«, sagte Kate schrecklich, »daß du mich nicht am Tor verläßt, sondern selbst in den Pferch zurückkehrst?«

»Ich werde ihn betreten«, sagte Amelia nett. »Mein Reittier braucht Hafer und deins muß gemolken werden, und bis dahin wird Wendell nach der einen oder der anderen von uns rufen oder nach beiden.«

»Da wir gerade von Wendell sprechen«, seufzte Kate, »ich wünschte, du würdest deinen Einfluß auf ihn benutzen, damit er genug in Frieden läßt.«

»Meinst du dich, oder was?«

»Mich *und* was«, sagte Kate. »Wenn er nicht die höchste Achtung vor deinem tadellosen und korrekten Wesen hätte, würde er zweimal nachdenken, bevor er so viele Raffinessen an mir ausprobierte, denn traurig reite ich auf dieser Kuh, gibt es doch keinen brennenden Pfeffer, Salbe oder Gewürz in der Speisekammer, mit der er mich nicht gebrannt und gegeißelt hätte, um mich zur wenigstens örtlichen Vernunft zu bringen. Aber ich kann nichts Besseres als bestenfalls«, fügte sie seufzend hinzu, »in seinen Armen ohnmächtig werden. Wenn du nun bloß einmal mit ihm sprechen würdest ...«

Hier muß billigerweise gesagt werden, daß Amelia in britisches Gelächter ausbrach. »Heißarsch meine arme Schlumpe«, sagte sie, »ich werde ein Wörtchen mit ihm reden, er soll dich nicht mißbrauchen.«

»Du bist sehr gut zu mir«, sagte ihre Genossin, »bei den sonderbarsten Gelegenheiten.«

»Andere haben wir nicht«, erwiderte Amelia, und so kamen sie beide in den Hof, wo alle Kinder standen und sie mit Freudengeheul begrüßten, und beide stiegen sie ihrem Reittier entsprechend ab, Amelia brachte beide Tiere in den Stall (denn Kate war in den meisten Fertigkeiten unbegabt) und ging, wie gewöhnlich, so ruhig wie nur vorstellbar vor Kate ins Haus, beide ein wenig erschöpft von ihrem einzigen (wenngleich oft angedrohten) Verrat.

Der seltsamste ›Salon‹ in Amerika war der Noras. Ihre Haus lag versteckt inmitten eines Urwaldes von Schlinggewächs und wilden Pflanzen. Bevor das Anwesen in Noras Hände fiel, war es zweihundert Jahre im Besitz ein und derselben Familie gewesen. Es enthielt eine eigene Begräbnisstätte und eine zerfallende Kapelle, in der Zehnerreihen von schimmelnden Psalmbüchern standen, vor einigen fünfzig Jahren niedergelegt, in einer Flutwelle von Vergebung und Absolution.

Es war der Salon für die ›Armen‹: für Dichter, Radikale, Bettler, Künstler und Liebesleute; für Katholiken, Protestanten, Brahmanen, Dilettanten in schwarzer Magie und Medizin. Alle diese konnte man um Noras Eichentisch sitzen sehen, vor dem riesigen Feuer, und Nora hörte zu, die Hand auf ihrem Hund; der Feuerschein warf ihren Schatten und den seinen steil gegen die Wand. Aus dieser vollen Besatzung, ihrem Getöse und Gebrüll, hob sie allein sich ab. Das Gleichgewicht ihrer Natur, wild und veredelt, verlieh ihrem gezügelten Schädel einen Ausdruck von Mitleiden. Sie war breit und groß, und obgleich ihre Haut die Haut eines Kindes war, konnte man schon früh in ihrem Leben die Grundierung dessen erkennen, was die vom Wetter gekerbte Maserung ihres Gesichtes werden sollte: Holz bei der Arbeit; der Baum, der in ihr ans Licht trat: unverzeichnetes Material im Archiv der Zeit.

Man erkannte sie sofort als ein Mädchen aus dem Westen. Bei ihrem Anblick erinnerten sich Ausländer der Geschichten, die sie gehört hatten: von Tieren, die hinab zur Tränke schritten; von Kinderköpfen, bis zu den Augen sichtbar, die furchtsam aus kleinen Fenstern spähten, dorthin, wo in der Dunkelheit eine andere Rasse sich im Hinterhalt duckte; von Frauen, geschwängert und mit schwerem Saum, deren Schritte die Felder traten – Gott so herrscherhaft in ihren Gemütern thronend, daß sie vereint mit ihm die Welt in sieben Tagen zerstampfen könnten.

Bei diesen unglaublichen Zusammenkünften spürte man frühe amerikanische Geschichte, neu in Szene gesetzt. Der

Trommlerknabe, Fort Sumter, Lincoln, Booth, alle traten von irgendwoher auf; Liberale und Konservative schwebten in der Luft; das Flaggentuch mit seinen Streifen und Sternen, ein langsam und genau anwachsender Schwarm auf dem Bienenstock aus Blau; Bostoner Teetragödien, Karabiner und das Echo von eines Knaben wildem Ruf; puritanische Füße, schon lange aufrecht im Grab, traten wieder die Erde, schritten herauf und ihre alten Bräuche hinab, ihre Gebete wie von Hufen tief in die Herzen gestampft. Und hier, inmitten all dessen, Nora – sie saß still: Hand auf dem Hund, der Feuerschein warf ihren Schatten gegen die Wand. Ihr Kopf im Schatten neigte sich, wenn er die Decke erreichte, ihr eigener saß aufrecht und bewegungslos.

Ihrer Veranlagung nach war Nora eine Frühchristin; sie glaubte den Buchstaben. Es gibt einen Riß im ›Weltschmerz‹, durch den der Einzelfall für immer und ewig hinabstürzt, ein Körper, im überblickbaren Raume fallend, des Rechts beraubt, heimlich zu entschwinden, als entferne sich die Heimlichkeit unbarmherzig und lasse, eben durch den Sog ihres Rückzugs, den Körper in dauernder Abwärtsbewegung, immer auf derselben Stelle und ewig vor Augen. Ein solcher Einzelfall war Nora. Es war eine Verschiebung in ihrem Gleichgewicht, was sie vor ihrem eigenen Fall rettete.

Nora hatte das Gesicht all derer, die das Volk lieben: ein Gesicht das böse wurde, als sie entdeckte, daß Liebe ohne Kritik Verrat am Liebenden bedeute. Nora beraubte sich selbst für jeden Menschen. Unfähig sich selbst zu warnen, sah sie ständig um sich und fand sich verringert. Reisende über die ganze Welt fanden sie darin preisgünstig, daß sie für immer einen gewissen Verkaufswert behielt; denn sie trug ihren Trügerlohn in der eigenen Tasche.

Leute, die alles lieben, werden von allem verachtet; wie jene, die eine Stadt im tiefsten Sinne lieben, zur Schande dieser Stadt werden: die *détraqués*, die Armen. Ihr Gutes ist nicht mitteilbar, durch List besiegt, es ist nur Ansatz eines Lebens, das sich entfaltet hat, wie sich in eines Menschen Leichnam Zeugnis verlorener Bedürfnisse findet. Dieser Zustand hatte sogar in Noras Haus eingeschlagen. Er sprach aus ihren Gästen, aus ihren verwilderten Gärten, wo sie Wachs in jedem Werk der Natur gewesen war.

Wo immer man sie traf, in der Oper, im Theater, wo sie allein und abseits saß, das Programm auf den Knien nach unten aufgeschlagen, konnte man in ihren Augen, groß, rund und klar, jenen spiegellosen Blick polierter Metalle entdecken, die weniger über die Sache als über die Bewegung der Sache aussagen. Wie die Oberfläche eines Gewehrlaufs in der Reflexion einer Szene dem Bild eine drohende Vorbedeutung hinzufügt, so zogen sich ihre Augen zusammen und bekräftigten das Stück vor ihr nach ihren eigenen, unbewußten Bedingungen. Man spürte an der Art wie sie ihren Kopf hielt, ob ihre Ohren Wagner oder Scarlatti, Chopin, Palestrina oder die leichteren Lieder der Wiener Schule aufnahmen, in einer kleineren, doch intensiveren Partitur.

Und sie war die einzige Frau aus dem letzten Jahrhundert, die mit den Sabbat-Adventisten einen Hügel besteigen und den Sabbat schmähen konnte, den Muskel Herz zu solcher Leidenschaft gespannt, daß der Sabbat sich sogleich vor ihr auftat. Ihre Brüder im Gebet glaubten an diesen Tag und an das Ende der Welt aus einer unheilvollen Verstrickung mit den sechs vorangehenden Tagen heraus; Nora glaubte an diesen Tag allein um seiner Schönheit willen. Sie war ihrem Schicksal nach einer jener Menschen, die unversorgt geboren werden und ausschließlich auf eigene Sorge angewiesen sind.

Man vermißte in ihr Humor. Ihr Lächeln kam schnell und sicher, war aber unbeteiligt. Sie amüsierte sich hin und wieder über einen Witz, aber ihr Lächeln drückte die Schadenfreude eines Menschen aus, der aufblickt und entdeckt, daß er den natürlichen Bedürfnissen eines Vogels entsprochen hat. Zynismus, Gelächter, die zweite Schale, in die der hüllenlose Mensch kriecht – davon schien sie wenig oder nichts zu wissen. Sie war eine jener Abweichungen, durch die der Mensch sich zu rekonstruieren glaubt.

Ihr zu ›beichten‹ war eine noch geheimere Handlung als der von einem Priester gewährte Vollzug. In ihr gab es keinen Raum für Bosheit. Sie registrierte ohne Vorwurf oder Anklage, denn sie hatte Selbstvorwurf und Selbstanklage abgestreift. Dies zog die Menschen zu ihr hin und erschreckte sie. Man konnte sie weder beleidigen, noch ihr etwas übelnehmen; und doch war manch einer erbittert, wenn er Unrecht zurücknehmen mußte, da es in ihr nicht hatte Fuß fassen können. Bei Gericht wäre sie unmöglich gewesen: keiner wäre gehenkt oder auch getadelt, keinem wäre vergeben worden, denn keiner wäre ›angeklagt‹ gewesen. Die Welt und ihre Geschichte waren für Nora wie ein Schiff in der Flasche. Sie selbst stand außerhalb und unerkannt, unendlich verwickelt in eine Problematik ohne Problem.

Dann begegnete sie Robin. Der Denckman-Zirkus, mit dem sie die Verbindung aufrechterhielt, auch wenn sie nicht mit ihm arbeitete (einige seiner Mitglieder waren Gäste in ihrem Haus), kam im Herbst des Jahres 1923 nach New York. Nora ging allein hin. Sie trat in den Zuschauerraum und nahm ihren Platz in der ersten Reihe.

Clowns in Rot, Weiß und Gelb, mit traditionstreu beschmierten Gesichtern, purzelten über das Sägemehl, als seien sie im Schoß einer großen Mutter, dort wo noch Spielraum ist. Ein schwarzes Pferd stand auf schlanken Hinterbeinen, sie zitterten aus Furcht vor den erhobenen Vorderhufen; sein schöner, bändergeschmückter Kopf war abwärts gewandt, zur Peitsche des Dresseurs; langsam bäumte es sich, es zuckte mit den Vorderschenkeln zum Peitschenschlag. Winzige Hündchen rannten umher und versuchten wie Pferde auszusehen, und dann traten die Elefanten ein.

Ein Mädchen neben Nora nahm eine Zigarette und zündete sie an. Seine Hand zitterte, und Nora wandte sich ihm zu, um es anzusehen. Sie sah es scharf an, denn genau an diesem Punkt kletterten die Tiere, die in ständiger Runde den Rand der Arena entlangliefen, beinahe über die Brüstung hinaus. Zwar schienen sie das Mädchen nicht zu sehen, doch als ihre staubigen Augen es streiften, war es, als falle die Bahn ihres Lichts auf diese Erscheinung. Das war der Augenblick, da Nora sich umwandte.

Der große Löwenkäfig war aufgestellt worden, und die Löwen entstiegen ihren schmalen Tresoren und schritten heraus, die Schwänze niedrig über den Estrich gelegt, schleppend und träge, die Luft schwängernd mit verhaltener Kraft. Und dann, als eine mächtige Löwin die Ecke im Gestäbe erreichte, genau dem Mädchen gegenüber, wandte sie ihr wütendes großes Haupt, die gelben Augen entflammt, und ging nieder. Die Tatzen durchstießen die Stäbe; sie sah das Mädchen an – als falle ein Fluß hinter einer Welle unerträglicher Hitze –, und ihre Augen flossen in Tränen, die niemals die Oberfläche erreichten. Sofort stand das Mädchen steil auf. Nora erfaßte seine Hand. »Gehen wir hinaus!« sagte das Mädchen. Nora hielt es immer noch an der Hand und führte es hinaus.

Im Vorraum sagte Nora: »Mein Name ist Nora Flood« und wartete. Nach einer Pause sagte das Mädchen: »Ich bin Robin Vote.« Verloren blickte sie um sich. »Ich will gar nicht hiersein!« Aber es war alles, was sie sagte; sie erklärte nicht, wo sie sein wolle.

Sie wohnte bei Nora bis zum Mittwinter. Zwei Seelen waren in ihr am Werk, Liebe und Namenlosigkeit. Doch waren sie so voneinander ›heimgesucht‹, daß Trennung unmöglich war.

Nora schloß ihr Haus. Sie reisten über München, Wien und Budapest nach Paris. Robin erzählte nur wenig von ihrem Leben, aber immer wieder kam sie auf die eine oder die andere Art auf ihren Wunsch nach einem Heim, als fürchte sie, sich wieder zu verlieren; als ahne sie, ohne sich darüber bewußt zu sein, daß sie zu Nora gehöre und daß sie, wenn Nora nicht mit eigener Kraft Dauer schaffe, sich vergessen würde.

Nora kaufte ein Appartement in der *rue du Cherche-Midi*. Robin hatte es ausgewählt. Aus den hohen Fenstern blickte man auf eine Brunnenfigur, eine große Frau aus Granit, die sich erhobenen Hauptes vorwärts neigte und eine Hand über das Beckenrund hielt, wie um ein Kind zu warnen, das unvorsichtig läuft.

Auf dem Weg ihres gemeinsamen Lebens bezeugte jeder Gegenstand im Garten, jede Einzelheit im Haus, jedes Wort, das sie sprachen, ihre gegenseitige Liebe, die Vereinigung ihrer Temperamente. Da gab es Zirkusstühle, hölzerne Pferde – aus dem Rund eines alten Karussells erworben –, venezianische Lüster vom Flohmarkt, Bühnenkulissen aus München, Cherubim aus Wien, Behänge aus Kirchen in Rom, ein Spinett aus England und eine reichhaltige Spieldosensammlung aus vielen Ländern. Dies war das Museum ihrer Begegnung. –

...

Als dann die Zeit kam, da Nora den längeren Teil der Nacht und dazu einen Teil des Tages allein war, litt sie unter der Persönlichkeit des Hauses; die Strafe aller, die ihre Leben zusammenlegen. Zunächst noch unbewußt, lief sie umher und verrückte nichts. Dann stellte sie allmählich fest, daß ihre weichen und behutsamen Bewegungen das Ergebnis einer vernunftwidrigen Furcht waren: irgendeine Unordnung könnte Robin aus der Fassung bringen, könnte sie die Spur nach Hause verlieren lassen.

Liebe wird zur Ablagerung des Herzens, analog in allen Graden den ›Funden‹ in einem Grab. Wie darin der vom Körper eingenommene Platz genau bezeichnet wird, das Gewand, das zu seinem anderen Leben notwendige Gerät, so wird ins Herz des Liebenden als unvergänglicher Schatten das eingeprägt, was er liebt. In Noras Herzen lag die Versteinerung von Robin, die Gemme ihrer Identität; umronnen, zu Pflege und Erhaltung, von Noras Blut. So konnte Robins Körper niemals ungeliebt sein, niemals verdorben oder beiseite gelegt werden. Robin war nunmehr jenseits zeitlicher Veränderungen, außer im Blut, das sie belebte. Die Furcht, daß es entfließen könne, fixierte das wechselnde Bild Robins in Noras Seele als Quelle dauernden Entsetzens: etwa Robin allein, Straßen überquerend, in Gefahr! Veranlaßt von Angst, die ihr die Seele durchbohrte, hatte sie Visionen von Robin: ungeheuerlich groß und polarisiert, Treffpunkt aller Katastrophen, Magnet allen Unheils. Und im Schrei erwachte Nora aus ihrem Schlaf, watete zurück durch die Fluten des Traums, in die ihre Angst sie geworfen hatte, und nahm Robins Körper hinab mit sich und hinein, wie die Dinge des Erdbodens mit beharrlicher Genauigkeit die Leiche in die Erde hinabnehmen und einen Abdruck von ihr im Gras zurücklassen, als stickten sie auf dem Weg hinab ein Muster.

Doch jetzt, da sie allein und glücklich waren, abseits der Welt in ihrer Wertung der Welt, trat bei Robin eine dritte Erscheinung ein, unvermutet. Manchmal ertönte sie klar in den Liedern, die sie sang, manchmal italienisch, manchmal französisch oder deutsch, Lieder der Leute, gemein und quälend, Lieder, die Nora nie zuvor oder nie zusammen mit Robin gehört hatte. Wenn dann die Tonart wechselte, wenn die Weise sich auf einer tieferen Note wiederholte, wußte sie, daß Robin von einem Leben sang, an dem sie selbst nicht teil hatte: Bruchstücke von Harmonie, so verräterisch wie der Rucksackinhalt eines Reisenden aus fremdem Land; Lieder wie eine versierte Hure, die niemanden abweist, außer den, der sie liebt. Manchmal sang Nora sie Robin nach mit der zitternden Erwartung etwa eines Ausländers, der Wörter in einer unbekannten Sprache wiederholt und noch nicht weiß, was sie bedeuten mögen. Manchmal konnte sie die Melodie, die so viel und so wenig sagte, nicht ertragen und unterbrach Robin mit einer Frage. Weit schmerzlicher jedoch war der Augenblick, wenn nach einer Pause das Lied wiederaufgenommen wurde aus einem inneren Raum, wo Robin ungesehen ein Echo ihres unbekannten Lebens zurückwarf, in dessen Ton seine Ursprünge deutlicher mitklangen. Oft verlor sich das Lied gänzlich, bis Robin gedankenlos im Moment, da sie das Haus verließ, wieder in Ahnung ausbrach und den Ton wechselte: von Erinnerung zu Erwartung.

Manchmal jedoch, beim Gang durch das Haus, bei einer Begegnung, versanken sie in qualvolle Umarmung, blickten einander ins Gesicht, ihre beiden Köpfe in ihren vier Händen, so aneinandergefesselt, daß der Raum, der sie trennte, sie auseinanderzureißen schien. Manchmal in diesen Augenblicken unübertrefflicher Trauer machte Robin irgendeine Bewegung oder gebrauchte eine eigentümliche Redewendung, die ihr nicht gemäß war: Zeugen der Unschuld an dem Verrat, der Nora davon berichtete, daß Robin von einer Welt gekommen war, zu der sie zurückkehren würde. Um sie festzuhalten (in Robin war dieses tragische Verlangen, festgehalten zu werden, denn sie wußte sich auf dem Abweg) – dessen war Nora sich jetzt sicher –, gab es keinen anderen Weg als den Tod. Im Tode würde Robin ihr gehören. Der Tod ging mit ihnen, vereint und allein; und mit der Marter, der Katastrophe die Gedanken an Auferstehung, das zweite Duell.

Beim Blick hinaus in die schwindende Sonne des Winterhimmels, gegen den sich genau vor dem Schlafzimmerfenster ein kleiner Turm abhob, registrierte Nora anhand der Geräusche Robins beim Anziehen den genauen Fortgang ihrer Toilette: das Glockenspiel der Kosmetik-Fläschchen und der Creme-Näpfchen, der leichte Duft von Haar, erhitzt unter elektrischen Lockenwickeln. Im Geist sah sie die wechselnde Richtung der Wellen, die in Robins Stirne fielen und zurück zur niedrigen Krone, um von hier auswärts gerollt in den Nacken zu fallen, unter den flachen ungerundeten Hinterkopf, der von einem furchtbaren Schweigen sprach. Halb betäubt von den Geräuschen und von dem Wissen, daß dies den Ausgang vorbereite, sprach Nora zu sich: ›Wenn wir auferstehen, wenn wir heraufkommen und rücklings aufeinanderblicken, werde ich allein dich aus all den anderen erkennen. Mein Ohr wird sich wenden in der Höhle meines Kopfes, meine Augäpfel sich lockern, dort wo ich als Wirbelwind um dich wehe, um dich, die einkassierte Zahlung; und mein Fuß wird hart auf deinem Grabe stehen, auf dem Rund aufgeworfener Erde, das du hinterläßt.‹ Robin stand in der Tür. »Du brauchst nicht auf mich zu warten«, sagte sie.

In den Jahren ihres Zusammenlebens wurden Robins Ausgänge zu einem allmählich anwachsenden Rhythmus. Anfangs ging Nora mit Robin; doch mit der Zeit erkannte sie, daß die Spannung in Robin wuchs. Als sie das Bewußtsein nicht mehr ertrug, im Wege oder vergessen zu sein, als sie Robin von Tisch zu Tisch gehen sah, von Glas zu Flasche, von Person zu Person, als sie erkannte, daß, wenn sie selbst nicht dabeisei, Robin zu ihr zurückkehren könne, als der einzigen, die fern der ganzen ungestümen Nacht noch nicht von ihr verbraucht war, blieb Nora zu Hause, lag wach oder schlief. Robins Abwesenheit wurde mit fortschreitender Nacht zu einem körperlichen Verlust, unerträglich und unersetzlich. Wie eine amputierte Hand nicht verleugnet werden kann, weil sie eine Zukünftigkeit erfährt, deren Opfer ihr Vorfahr ist, so war Robin eine Amputation, von der sich Nora nicht lossagen konnte. Wie das Handgelenk sich sehnt, so sehnte sich ihr Herz. Sie kleidete sich an, ging hinaus in die Nacht, um ›außer sich‹ zu sein, und schlich um das Café, wo sie Robin flüchtig zu sehen bekam.

Wenn Robin ins Freie trat, nahm sie – in formlose Gedanken verloren, die Hände in die Ärmel des Mantels geschoben – die Richtung auf jenes Nachtleben zu, das eine bekannte Einheit auf dem Weg zwischen Nora und den Cafés darstellte. Ihre Betrachtungen beim Gehen waren ein Teil des Vergnügens, das sie am Ende des Wegs zu finden hoffte. Diese genaue Entfernung war es, was die beiden Enden ihres Lebens – Nora und die Cafés – davon abhielt, ein Ungeheuer mit zwei Köpfen zu bilden.

Ihre Gedanken waren in sich selbst eine Form der Fortbewegung. Sie schritt mit erhobenem Haupt, schien jeden

Vorübergehenden anzusehen und doch war ihr Auge starr, in Erwartung und Leid verankert. Ein Blick von Zorn, heftig und flüchtig, beschattete ihr Gesicht und zog ihren Mund hinab, wenn sie sich ihrer Gesellschaft näherte; und doch, wenn ihre Augen die Fassaden der Gebäude entlangglitten und nach dem steinernen Kopf suchten, den beide – sie und Nora – liebten (ein griechischer Kopf mit entsetzten, hervortretenden Augäpfeln, um die der tragische Mund Tränen zu vergießen schien), strahlte eine stille Freude auch in ihren Augen; denn dieser Kopf war Andenken an Nora und ihre Liebe, er machte die Erwartung der Leute, die sie treffen würde, starr und freudlos. Und so nahm sie, ohne zu wissen, daß sie es tat, die Richtung in diese Straße. Wurde sie zu Umwegen gezwungen, wie es manchmal der Fall war, etwa vom Dazwischentreten einer Kompanie Soldaten, einer Hochzeit oder einem Begräbnis, so wurde sie so aufgeregt, daß die Leute, gegen die sie stieß, sie als einen Teil des Vorgangs betrachteten; wie eine Motte, eben durch ihre Verstrickung in die todbringende Hitze, mit dem Gedanken an die Flamme als Bestandteil ihrer Funktion assoziiert wird. Es war dieses Merkmal, das sie vor der allzu eindeutigen Frage bewahrte, ›wohin‹ sie gehe. Der Fußgänger, dem es bereits auf der Zunge lag, wandte sich, wenn er die tiefe Versunkenheit und Verwirrung erkannte, und tauschte seinen Blick mit einem anderen.

...

Sie sah auf jedes Paar, das vorüberging, in jede Kutsche und in jedes Auto, hinauf zu den erleuchteten Fenstern der Häuser, und es war nicht mehr Robin, die sie aufzuspüren suchte, sondern Spuren von Robin, Einflüsse in ihrem Leben (und solche, die sich noch verraten würden): so prüfte Nora jede sich bewegende Gestalt auf irgendeine Gebärde hin, die in Robins Bewegungen erscheinen mochte. Sie mied das Viertel, wo sie Robin wußte, wo die Kellner, die Leute auf den Terrassen an ihren eigenen Bewegungen erkennen könnten, daß sie an Robins Leben teil hatte.

Sie kehrte nach Hause zurück, und es begann die grenzenlose Nacht. Während sie auf die gedämpften Klänge der Straße horchte, auf jedes Murmeln im Garten, das kaum entstehende, kaum hörbare Summen, Künder von zunehmendem Geräusch, das die Heimkehr Robins zu bedeuten hätte, lag

Nora und schlug kraftlos auf ihr Kopfkissen, unfähig zu weinen, die Beine angezogen. Zuweilen stand sie auf und lief umher, um etwas in ihrem äußeren Leben schneller zu überstehen, um Robin durch Beschleunigung im Herzschlag zurückzubringen. Hoffnungslos irrte sie herum, und plötzlich setzte sie sich auf einen der Zirkusstühle vor dem hohen Fenster, das über den Garten blickte, beugte sich vor, legte die Hände zwischen ihre Beine und begann zu rufen: »Mein Gott – mein Gott – mein Gott«, so oft wiederholt, daß es die Wirkung aller vergeblich gesprochenen Wörter enthielt. Sie nickte ein und erwachte wieder, begann zu weinen, bevor sie die Augen öffnete, ging zurück ins Bett und fiel in einen Traum, den sie wiedererkannte; wenn ihr auch anhand der Endgültigkeit dieser Version klar wurde, daß der Traum zuvor nicht ›gut geträumt‹ gewesen war. Wo der Traum ins Unberechenbare gemündet hatte, wurde er jetzt vom Eintreten Robins vollständig gemacht.

Nora träumte, sie stehe in einem Haus ganz oben, oder vielmehr im vorletzten Stockwerk: da war ihrer Großmutter Zimmer, weiträumige Pracht im Verfall. Doch irgendwie, obschon mit dem ganzen Besitz ihrer Großmutter ausgestattet, war es verwaist, wie das Nest eines Vogels, der nicht zurückkehren wird. Bildnisse ihres Großonkels Llewellyn, der im Bürgerkrieg gefallen war, verschossene blasse Teppiche, Vorhänge, die an Stille den Säulen ihrer Zeit glichen, eine Feder und ein Tintenfaß, die Tinte im Federkiel getrocknet – Nora stand da und blickte wie von einem Gerüst in den Körper des Hauses, wo nun Robin den Traum betreten hatte und unten zwischen anderen Leuten lag. Nora sagte zu sich: ›Der Traum wird nicht noch einmal geträumt!‹ Eine Scheibe von Licht, die von irgend jemandem oder von irgend etwas zu kommen schien, der oder das hinter ihr stand und noch ein Schatten war, warf einen zartleuchtenden Strahl über Robins aufwärts gerichtetes, stilles Gesicht. Sie trug das Lächeln eines ›einzig Überlebenden‹, ein Lächeln, der Furcht bis in die Knochen vermählt.

Rund um sich her hörte Nora in Qual ihre eigene Stimme. Sie sagte: ›Komm herauf! Dies ist Großmutters Zimmer‹, obgleich sie wußte, daß es unmöglich war, denn das Zimmer war tabu. Je lauter sie schrie, desto tiefer senkte sich das untere

Stockwerk, als seien Robin und sie in ihrer äußersten Ferne ein umgekehrtes Opernglas, als verkleinerten sie sich stetig in ihrer schmerzlichen Liebe; eine Geschwindigkeit, die mit den beiden Enden des Gebäudes davonlaufe und sie mit sich fort und auseinanderreiße.

Dieser Traum, der nunmehr alle seine Einzelteile enthielt, hatte noch die vorherige Gestalt, indem es niemals wirklich ihrer Großmutter Zimmer gewesen war. Sie selbst schien weder gegenwärtig zu sein noch fähig, eine Einladung zu erteilen. Sie hatte gewünscht, ihre Hände auf irgend etwas in diesem Zimmer zu legen, um es zu beweisen – der Traum hatte es ihr nie erlaubt. Dieses Zimmer, das nie ihrer Großmutter gehört hatte, das im Gegenteil der absolute Gegensatz jedes bekannten Raumes war, in dem ihre Großmutter sich jemals bewegt oder in dem sie jemals gelebt hatte, war dennoch vollgesogen von der verlorenen Gegenwärtigkeit ihrer Großmutter, die es in einem fortwährenden Prozeß zu verlassen schien. Die Architektur des Traumes hatte sie wiedererstehen lassen, für immer und ewig. Sie floß dahin in langen Gewändern von weichen Falten und Spitzen bis ans Kinn; die gerafften Überwürfe, aus denen die Schleppe bestand, beschrieben eine ansteigende Linie über Rücken und Hüften, eine Kurve, die nicht nur gebeugtes Alter verriet, sondern die Furcht vor gebeugtem Alter gebietet.

Mit dieser Gestalt ihrer Großmutter, die mit der Großmutter ihrer Erinnerung nicht völlig identisch war, ging eine andere: eine ihrer Kindheit. An der Hausecke war sie auf diese gestoßen: die Großmutter, die aus irgendeinem unbekannten Grund wie ein Mann gekleidet war. Sie trug einen steifen Hut und einen geschwärzten Schnurrbart, war beleibt und lächerlich, in engen Hosen und roter Weste. Mit ausgebreiteten Armen und einem Blick, lüstern vor Liebe, sagte sie: »Mein süßes Herz!« Diese Großmutter, ein Wahrzeichen wie eine historische Ruine, stellte ihr Leben symbolisch dar, indem sie es lebte. Dieses erschien Nora nunmehr als etwas, das Robin angetan wurde: Robin, entstellt und verewigt durch die Hieroglyphen von Schlaf und Schmerz.

Sie erwachte und begann wieder umherzugehen. Und als sie hinausblickte, in den Garten, in das fahle Licht der Dämmerung, sah sie, daß ein doppelter Schatten von der Statue fiel, als vermehre sie sich. Sie meinte, vielleicht sei dies Robin, rief und erhielt keine Antwort. Bewegungslos blieb sie stehen, spannte ihre Augen zum äußersten; und da sah sie das Licht aus Robins Augen. Sie tauchten aus der Dunkelheit auf, die Furcht in ihnen gab ihnen Leuchtkraft, bis sich durch die Intensität ihres doppelten Blicks Robins Augen mit den ihren trafen. So starrten sie einander an. Als habe jenes Licht die Macht, das Gefürchtete in den Bereich ihrer Katastrophe zu bringen, sah Nora den Körper einer anderen Frau in das Dunkel der Statue hinaufschwimmen, mit hängendem Kopf, um das Leuchten nicht durch ein weiteres Augenpaar zu verstärken; ihre Arme waren um Robins Nacken, ihr Körper an Robin gepreßt, ihre Beine hingen schlaff im Pendel der Umarmung.

Außerstande ihre Augen abzuwenden, unfähig zu sprechen, gefangen im Erlebnis des Bösen, vollständig und zerreißend, fiel Nora in die Knie, so daß ihre Augen sich nicht freiwillig abwandten, sondern durch den körperlichen Fall aus der Bahn sanken. Mit dem Kinn auf dem Fensterbrett kniete sie und dachte: ›Nun werden sie nicht vereint bleiben!‹ Wenn sie sich von Robins Handeln abwende, so fühlte sie, würden die Fäden des Musters zerreißen und das Muster wäre wieder Robin allein. Sie schloß ihre Augen und in diesem Augenblick erfuhr sie eine furchtbare Glückseligkeit. Robin, wie etwas im Schlummer, war geschützt, aus des Todes Weg geräumt, von einer Kette von Frauenarmen; aber als sie die Augen schloß, sagte Nora »ah!« mit dem unerträglichen Automatismus des letzten ›ah!‹, das den Körper noch einmal trifft, im Augenblick seines letzten Atemzuges.

AUGUSTA

Was ist aus dir geworden?

MIRANDA

Geheimnisvoll

Hab ich es nicht gesagt?
Eine aus einer reisenden Schauspielertruppe?
Eine Garderobiere, die viele Rollen kleidet?
Du siehst ja selbst, du hast meine Schuh und Ringe,
Meinen Mantel, meinen Hut.

AUGUSTA

Wieder in angenehmen Gedanken

Ja, wahrhaftig!
Spangenschuh und Ringe und einen Federhut!
Laß uns so tun, als ob wir wieder Mädchen wären.
Laß uns spielen.
Wer sich zu Hause langweilt, kann sich draußen umsehn;
Es muß doch Wege geben, eine Welt zu fangen.

MIRANDA

Ah, ja.
Jede Mutter saugt – mit der Schlüsselloch-Iris der Katze –
Blut als Erpresserlohn für ihre Milch.
Kitzelt aus dem Graun die kitzlige Geschichte hervor
Und ihren jeweiligen Kurswert auf fremden Schauplätzen.
Pflichtet großzügig bei, mit tödlich-süßer Stimme,
Wie Banknachbarn in der letzten Armenapotheke:

Mit der Zunge

›Tick, tick, bewahre mich! Die da hat ihr Leben
In Seidenschuhn vertanzt! Man stell' sich vor!‹

AUGUSTA

Fanfaren in Moll! Blas weniger Dur, Tochter!
Ich wünschte mir dich kleiner – obwohl geschaffen für das Hohe –
Ein wenig niedriger, damit ich dich erreichen kann!

MIRANDA

So meinst du das! Dann sprechen wir von Männern

Und der großen Zahl, die meiner sich erinnert.
Sagen wir, ein Bürgermeister in Üffing
Entthront bei Hochzeit mich, sowohl wie bei
Beerdigung:
Verbeugt er sich und lüftet den Zylinder,
So purzle ich aus dem Chapeau-Clack, in Gestalt
Einer kleinen Kaninchen-Kalotte.

AUGUSTA

Das gefällt mir! Ich seh dich gern geehrt,
Und sei's am Boden eines Hutes.

MIRANDA

Wenn du Lust auf süperben Unsinn hast
Und Geschmack an durchtrieb'nem islamischen
Humor,
Laß uns sagen, daß mir ein Berber aus dem Atlas
Einhundert Pferde hinterließ.

AUGUSTA

Hattest du denn keinen Sitz?

MIRANDA

Ich hatte keinen Stall.

AUGUSTA

Steht auf
Tochter,
Im Herzen einer jeden Frau ist eine Schutzwehr,
Auf der sie beständig patrouilliert,
Um dem Mann auszuweichen, den sie geheiratet,
Wegen eines anderen, der an der Wand kratzt.

MIRANDA

Bis durch ein Loch in der Trostlosigkeit
Ein Liebhaber kriecht?

AUGUSTA

Stell dir vor!
Bei aller meiner Schönheit genoß er eine Häßliche!
Jener Mann, dein Vater. Sein Verhalten gegen mich
War niemals zärtlich, sanft, noch freundlich;
Nie hielt er oder streichelte mich irgendwo;
Und du tratst auf, wie in einer ungelösten Gleichung,
Als wär durch dich die Ordnung wiederhergestellt.

MIRANDA

Das wär geschehn, glaub mir, hätt ich's gekonnt,

Aber Seelenwanderung gibt's nicht auf Wunsch:
Und zwischen uns da steht der Zwist.

AUGUSTA

Du hast kein Wort zum Trost, das wußte ich.
Dennoch schwöre ich, die Jungfrau hat ihr
Gezwitscher nicht mehr geliebt, als ich meine Kinder.
Mach mir etwas!

MIRANDA

Die beiden Frauen umkreisen einander
Largo! Largo! Halte Ordnung in deiner Zeitrechnung!
Verwechsle nicht Advent mit Himmelfahrt.
Und schleudere nicht mich als Zielscheibe hoch in deiner
Not.
Der Wind, der unsre Generation zu Boden schlug,
Der war kein Erntewind.
Die Himmelskönigin, die den Glauben offenhielt
Für Ein- und Ausgang froher Botschaft,
Hat nichts mit dir zu tun.

AUGUSTA

Gewiß, du siehst das stets auf deine Weise;
Du bist der Terrier, der zurückspringt ohne Knochen.

MIRANDA

Warum gerade Fraun, die Kinder lieben,
Die eignen Kinder so oft verdammen?
Erwartest du, daß eine jämmerliche Seidenraupe
Aus ihrem kraftlosen Kokon eine Seide zieht,
Die stark genug ist für eine Mustergespinst?

AUGUSTA

Ah, ganz falsch!

MIRANDA

Tadle mich weniger, denn wir stehn Aug' in Aug'
Mit den wundgeriebnen Kanten der Entzweiung:
Binde und halte uns vielmehr in dieser teuren
Fremdheit,
Daß wir uns lieben, eh wir uns allzusehr verlieren.
Wie der Schmied sein rohes Metall schlägt,
So wird das Kind zum Tanz geschmiedet.
Wer nicht gehüllt in Metrik ist, von Disziplin umarmt,
Im Abweisen der Vertraulichkeit geübt,
Festgehalten in der Nut des Rituals,

Und im Geist des Spiels sich dreht,
Der bringt das Gleichgewicht zum Einsturz;
Richte dich danach.

AUGUSTA

Du Elster!
In welcher Tasche hast du meine Identität?
In jeder Faser meines Ichs bin ich so wenig eingetroffen,
Daß ich mich vergeblich suche;
Indische Witwe auf kalt brennendem Scheiterhaufen.
In deiner gültigen, unerschütterten Gesellschaft
Laß ich noch immer vor dem Basilisken
Meine ungesaugten Eier baumeln.

MIRANDA

Wo das gequälte Vogelwild sich Zuflucht sucht,
Hoch in der Süße der Kathedralenmauer,
Da ist der Halt, die Führung und die Gnade.
Wo behutsame Klage und strenge Andacht
Ihr Pech und Harz ausschwitzen in den Bienenkorb
Eines jeden Chorgestühls, in dem der Kopf sich hebt –
Da ist die Ambra. Wo die hohen Saiten
Der Viola, angerissen, einen Widerhall
In den nicht angerißnen Saiten drunter zeugen –
Da ist die Antiphon.
Ich habe Liebende den Mund einander so verzehren
  sehen,
Bis daß ihr Zwillingsschrei der keuschen Ökonomie der
  Zunge
Den heimlichen Gesang entriß – da ist die Anbetung.
So ist der Tag, der Tag, an dem sich's sterben läßt,
Der angerissene Akkord.

AUGUSTA

Wie soll ich mich in dieser Eisvogelnacht
Bis zum Rande füllen und doch nicht gefangen werden?
Mein Kalender ist leer, in meinem Land die Pest,
Die Heuschrecke im Sprungpanzer klammert sich an
  meine Verschanzung,
Und so starren wir einander an mit nackten Augen,
In einem aufgegebnen Fall, der das Herz tötet.
Die Pest der Abwesenheit, nennst du sie
  Gesellschaft?

MIRANDA
Ja.

AUGUSTA
So schreit der Wildfalke umsonst. ›Weh mir!‹
Wir bewundern einander auf unsere grausame Art.
Leere deinen Beutel – hilf mir. Doch laß gut sein;
Was besitzt du schließlich.

MIRANDA
Den Verlust.

AUGUSTA
Was soll das heißen? Na, auch das spielt keine Rolle.
Wenn ich tot bin, leg mich in einen Baum.

MIRANDA
Sofort.

AUGUSTA
Warum liebst du uns nicht mehr?
Das ist die Frage –
Wo *ist* Miranda?

MIRANDA
Die Frage ist, warum ich's tue. Wo Miranda ist?
Gemeuchelt, nicht auf dem Altar geschlachtet.
Wo ist der Winkel und der Schrein des Herzens,
In dem Mütter ihren Singvogel hielten?
Die Tür ist aufgebrochen, das Junge ausgeflogen,
Verwundet durch das Schwert, das ihre Eltern
An Edens Toren raubten, sie zu züchtigen,
Taumelnd, wie ein geköpfter Hahn, benommen,
Entsetzt und um sich starrend mit einem Blick,
Der ganz ins Leere geht.
Welche Echos, glaubst du, summten in dem blutigen
Kopf?
In den Beichtstuhl der Seele geduckt,
Die Gurgel aufgerissen bis zum Rumpf,
Mit offnem Mund, dem man das Liebesmahl versagte,
bebend,
Und mit den Klauen an das Gitter schlagend. –
Was sagst du dazu?

AUGUSTA
Traurig
Dann wurden also Frauen nicht erlöst.

MIRANDA

Erlöst!
Ich hab' gesehen, wie die Meinen ihre Reißzähne
In die Hostie schlugen;
Ich hab sie an der Wunde schlürfen hören
Was meinst du?

AUGUSTA

Gott habe Erbarmen mit mir!

MIRANDA

Gott habe Erbarmen mit uns allen; und möge
Er meine gräßliche Unschuld mir verzeihn,
Die mich hindert zu begreifen, was ich getan hab,
Daß die Meinen, die ich viele Jahre nicht mehr sah,
Mir so entfremdet sind.

Saying »Love!«

A voice rose in the darkness saying »Love!«
In their stall the scattered mice grew still
Where yet the white ox slept; and on the sill
The strutting cock paused. The grey house dove
Turned twice about, upon the ledge above.

Sagte »Liebe!«

Stieg eine Stimme aus dem Dunkel, sagte »Liebe!«
Verstreut im Stall die Mäuse wurden still,
Der weiße Ochse nur schlief weiter; und auf dem Sims
Der Hahn hielt im Stolzieren inne. Die Haustaube, die graue,
Auf dem Balken drüber, drehte zweimal sich herum.

Paradise

This night I've been one hour in Paradise
There found a feather from the Cock that Crew;
There heard the echo of the kiss that slew.
And in the dark, about past agonies
Roar'd flies.

Paradies

Heute Nacht war ich für eine Stunde im Paradies
Fand dort eine Feder von dem Hahn der krähte;
Hörte dort das Echo von dem Mörderkuß.
Und im Dunkeln, um vergang'ne Agonien
Surrten Fliegen.

Discant

He said to the Don, »My Lord
Your dangling man's not crucified
He's gored.«
The picador replied:
»Truth is an handled fruit:
Isn't that your finger in His side?«

Diskant

Er sagte zum Don: »Mein Herr
Ihr baumelnder Mann ist nicht gekreuzigt
Er ist durchbohrt.«
Der Pikador gab zur Antwort:
»Die Wahrheit ist eine abgegriffene Frucht:
Ist das nicht Ihr Finger in Seiner Seite?«

Transfiguration

The prophet digs with iron hands,
Into the desert's sinking sands.

The insect back to larva goes;
Struck to seed the climbing rose.

To Moses' empty gorge like smoke
Rush inward all the words he spoke.

The knife of Cain lifts from the thrust;
Abel rises from the dust.

Lucifer roars up from the earth;
Down falls Christ into his death.

To Adam back the rib is plied,
A woman weeps against his side.

Eden's reach is thick and green,
The forest blows, no beast is seen.

The unchained sun in raging thirst
Feeds the last day to the first.

Transfiguration

Der Prophet gräbt mit eiserner Hand
In den sinkenden Wüstensand.

Das Insekt kehrt in die Larve zurück;
Die Kletterrose fällt in den Samentrick.

Wie Rauch, in Moses' leere Kehle stürzen nach
all die Worte die er sprach.

Kains Messer in dem Stoße rückwärts bebt.
Und aus dem Staube Abel sich erhebt.

Luzifer fährt in den Himmel wieder.
In seinen Tod steigt Christus nieder.

Adam wird mit der Rippe vereint
Eine Frau an seiner Seite weint.

Edens Garten ist grün und dorndurchwoben
Ohne Getier, der Wald vom Sturm gebogen.

Die entfesselte Sonne, sengend, ohne Maß
Gibt den letzten Tag dem ersten zum Fraß.

When the kissing flesh is gone –

When the kissing flesh is gone
And tooth to tooth true lovers lie
Idly snarling, bone to bone,
will you term that ecstasy?

Nay, but love in chancery.
In the last extremity,
Duelling eternity,
Love lies down in clemency,
Compounding rogue fidelity!

Ist das Küssefleisch geschwunden –

Ist das Küssefleisch geschwunden
Ruht Zahn an Zahn das wahre Liebespaar
Albern gebissebleckend, Bein an Bein,
Verdients den Namen noch: Ekstase?

Nein, eher Liebe in der Sackgasse.
Am äußersten Ende,
Im Duell mit der Ewigkeit,
Gibt die Liebe auf aus Schonung,
Besiegelt Gaunertreue.

An Courtenay Lemon

o.O.u.D.

Liebster Courney:

Mary ist bereits vor mindestens 10 Tagen von zwei Schwestern, zwei Ärzten & einem Haufen anderer aufgegeben worden, aber sie atmet noch – liegt zum ersten Mal auf der linken Seite und lebt von Sauerstoff. Es sieht so aus, als würde ich in den letzten Stunden mit ihr allein gelassen – Hatch kommt heute zurück & Harry scheint nervös zu sein. Der letzte Arzt meinte, das könnte ich nicht. Zusehen wie sie noch lebt – Sie schläft mit offenen Augen & muß um jeden Atemzug ringen & kann das geronnene Blut nicht mehr aushusten und auch ihr Gedärm bewegt sich nicht & sie hat seit 5 Tagen nicht mehr als ein halbes Glas Milch täglich zu sich genommen – Sie deliriert, weiß aber, daß es Delirium ist, während sie es durchmacht, & sie leidet sehr – & gestern hat sie mich fast umgebracht, als sie versuchte, ihre Arme um mich zu schlingen, & sagte »Du siehst, was mit mir los ist« & dann »Kannst du mir nicht helfen?« Das Schlimmste ist, daß sie ihren eigenen Tod so lange überlebt hat.

Dj.

An Charles Henri Ford

111 Waverly Place
Algonquin 4–4971
23. November 1933

Charles, Lieber:

komm nicht nach Amerika, wenn Du verliebt, glücklich, lebendig und bei der Arbeit bist. Du wirst so jemanden hier nicht vorfinden, soweit ich sehen kann. Unerklärlich – jeder scheint Geld zu haben und sogar, was ich als Luxus bezeichnen würde, aber es gibt hier keine Freude oder Hoffnung oder Erwartung, was man sich alles in Paris und weiter im Osten vorstellen kann. Es wird davon geredet, Roosevelt rauszuschmeißen, von verbreiteten Entführungen; und was Frankreich betrifft, so hab' ich gehört, daß ich mein Haus und meine Sachen nie wiedersehen werde, weil in einem Jahr die Deutschen darüber herfallen werden.

Dein Leben klingt voll und gut. Sah Parker wieder die Eighth hinuntergehen (er hatte mich schon vorher gesehen, denn er reagierte auf mein hello, aber erkannte mich möglicherweise nicht), er sah so arm, so bedrängt und überspannt aus, in einem zerknüllten dünnen bräunlichen Mantel und flatternden Hosen – er tat mir sehr leid. Hatte einen reizenden Brief von Deiner Mutter, die meine Mutter, Saxon und mich zum Abendessen eingeladen hat. Ich habe sofort geantwortet und ihr erklärt, daß, da nur mein Bruder einen Wagen hat und seine Ferien vorüber sind und er jeden Abend um acht Uhr ins Bett sinkt, ich nicht wüßte, wann ich zu ihr hinaufkommen könnte. Ich würde nicht daran *denken*, Ruth zu erzählen, was ich über das Leben weiß! Sie sagte, daß sie niemals heiraten würde, so vermute ich, es wird ein Rechtsanwalt werden.

Was ist los mit Deinem Ruhm und Glanz, mein Lieber? Ja, dank meinem Saxon arbeite ich, hoffe mit der Sache fertig zu sein, wenn ich Dir das nächste Mal schreibe. Ich weiß nicht recht, ob's mich freut, daß »es hübsch wäre, zwischen zwei Katzenjammern Dein Buch abzutippen«.

Ja, John war in manchen Dingen sehr genau – ich vermisse

beide, John und Peggy, sehr. Hatte einen Brief von ihr, sie ist zur Zeit in Bucks – auf der Suche nach einer Schule für Pegeen. Freut mich, daß Du mein Briefpapier magst – die Briefumschläge sind verschwunden – hab einen Tropfen Parfum für Dich darauf getan.

Die Geschichte von Charlottes Selbstmord ist das Tragischste, was ich seit Jahren gehört habe – Katie sagte mir, was auf den Tabletten stand, und das war 'ne Menge. Sie hat sich als Frau von irgend jemandem im Hotel Gotham eingetragen, um in dessen Zimmer hinaufzukommen und ist dann aus dem Fenster im 19. Stock gesprungen. Sam hat das Ganze großartig aufgenommen, ist dann aber zusammengebrochen, und man glaubt nicht, daß er es überleben wird – warum sollte er nach alledem? Nein, ich habe G. Steins Meisterwerk nicht gelesen – aber alle anderen finden es höchst amüsant. Kays Herren, im Vertrauen gesprochen, lärmten ziemlich.

Bin froh, daß Du in Pavlic den Menschen gefunden hast, mit dem Du gern zusammenleben würdest. Ich kann seine Kunst nicht so bewundern wie Du, aber, soviel ich weiß, ist er persönlich sehr lieb und großzügig – sein einziger Fehler scheint eine Schwäche für das zu sein, was ich mag oder mochte!

Alice hat einen Laden in der Five East Fiftyfirst, Hüte, allerdings ziemlich teure. Fifth Ave Playhouse spielt Cocteaus Blut eines Dichters, ich nahm Thelma mit, es gefiel ihr teilweise sehr und mir auch wieder. Heinrich der Achte und Drei kleine Schweine im Eighth Street Playhouse. Beides große Hits, kann die Begeisterung nicht ganz verstehen; gut, aber nichts, was einen vom Stuhl reißt.

Nägel immer noch rot; himmlische Hausanzüge – Schwarz und Weiß der eine, Schwarz und Grün der andere – Geschenke meiner Familie. Mein Haar kürzer und dichter gelockt, fange an, so auszusehen wie Du gehofft hast – aufsehenerregend – und dabei ganz Lady! Sah den Weg des Lebens in Paris, mit Victor, glaube ich. Stimme nicht zu. Warum sind wir bei dem düsteren Wetter nicht alle nach Versailles gefahren?

Würdest Du Dir nicht ein Zimmer mit schwarzem Packpapier tapezieren lassen! Wann beginnt das Alter? Und was soll das heißen, Du bist ganz mein »nur, nur«?

Was ist Deine Vorstellung von Liebe? Hast Du Dich ganz für Männer entschieden?

Alle halten Dich für sehr hübsch nach dem Photo – und einige vermuten bei Dir spanisches oder italienisches Blut. Pavlic versetzt Dich in Entzücken – ich kann Dich mir vorstellen – gräßlich!!!

Vielleicht sehe ich Dich im Winter. Ich weiß nicht, was das Beste für Dich ist. Sah Peter Neagoe und Marcel heute abend – Victor spricht davon, daß er im Frühling herkommt – ich hoffe es. Janet kommt vielleicht in diesem Winter auf einen Sprung, um ihre Mutter zu besuchen. Ich tue wenig außer bügeln, schreiben, lesen (im Augenblick William James' Die religiöse Erfahrung in ihrer Mannigfaltigkeit), gelegentlich kommt ein Freund. Bradley ist ein Idiot. Was in aller Welt glaubt er, daß ich für die Jungen und Bösen tun könnte? Warum tut der idiotische Lektor nichts? Bring Kopien mit, einiges wirst Du unterbringen können. Worum geht es bei Deinem neuen Buch? Hab' Lloyd für ein paar Stunden getroffen, er lebt auf dem Lande, hat es schwer; sagte, er habe einen Brief von Dir bekommen – daß Du Vorträge hältst usw. Ich habe bisher nicht versucht, Arbeit zu finden, werde es aber tun, alle sagen »mach Dir keine Sorgen«.

Ich muß jetzt zum Lunch zu Mutter, ehe ich Uptown fahre, Busfahren macht viel Spaß bei diesem abnormen (warmen) Wetter. Paß – auf irgend etwas – auf. Schreib bald – denk an alles Liebe, erinnere Dich an die Wärme – das Leben ist ganz einfach gräßlich.

Alles Liebe

D

An Emily Coleman

111 Waverly Place
20. April 1934

Liebe Emily:

danke Dir, daß Du mir Johns Gedichte abgeschrieben hast – es bringt mir ihn nahe – und das Zimmer und die Felsen und den Bach – Hayford Hall und das Moor.

Der Tod macht das Schreiben schwierig – ich weiß das, es tut mir so leid, daß Du in einem so vollkommen schrecklichen Zustand bist; die Zeit, dieses böse Ding, wird auch das stehlen. Meine eigene Verfassung hier in New York ist jämmerlich. Ich arbeite mit großer Mühe, weil ich weiß, daß niemand (das heißt das Publikum) sich für das interessiert, was ich mache. Ich kann das Buch nirgends unterbringen – es ist jetzt beim fünften Verleger – (es gibt darin ein paar neue Passagen, die John sehr gefallen hätten) alle sagen, es sei kein Roman, es hätte keine Kontinuität, es sei kein Leben darin, nur Höhepunkte und Poesie – ich würde keinerlei Vorstellung vermitteln, was die Leute anhätten, äßen oder wie sie Türen öffneten oder schlössen, wie sie ihren Lebensunterhalt verdienten, ihre Schuhe auszögen und ihre Hüte aufsetzten. Das tue ich, weiß Gott, nicht. Ich habe in den sieben Monaten, die ich hier bin, nur zweihundert Dollar verdient. Ich versuche Aufträge zu bekommen; ich schicke eine Kurzgeschichte herum, – alles ohne Erfolg. Die Zustände in der literarischen Welt hier sind grauenhaft; nichts kommt jetzt hier an außer solchen Erskine-Caldwell-Sachen – erwünscht ist extrem brutale Literatur, die rasch vorankommt und wo viel Blut fließt, die Normalbürger sind »Leergut« (eine Bezeichnung für Pappkartons im Fabrikjargon, glaube ich). Viele Leute sagen, sie haben kein Geld, und einige haben sehr viel. Es wird zuviel in den eleganten Kneipen getrunken und geredet und geredet – über nichts. Der einzige Mensch, den ich ertragen kann, ist Peter Neagoe, aber da er niemals ohne Anas tausend Freunde zu sehen ist, kommt es zu keiner Diskussion, und so bin ich die meiste Zeit allein in meinem Zimmer gegenüber dem meiner Mutter –

und so gut und mir zugetan die Familie auch ist – sie treiben mich doch alle zur Verzweiflung (wie würde John diesen Geisteszustand verstehen!) und sie können nicht begreifen, warum ich nicht morgens, mittags und abends mit ihnen zusammen sein möchte. Alles Leben verläßt mich hier – hin und wieder zerre ich es mit großer Anstrengung zurück, aber die Schiffssirenen machen mich verrückt, dennoch möchte ich nicht in Paris sein. Habe meine Wohnung zum Verkauf angeboten – und das Gefühl, daß ich Europa nie wiedersehen werde, und das ist ein schreckliches Gefühl. Mir geht es nicht sehr gut, bin ziemlich niedergeschlagen – scheußlich kaputt – sehe weite Strecken von Familienherrschaft voraus – habe *siebzehn* Pfund abgenommen, was hübsch ist für die Figur aber nicht fürs Gesicht – und sehe nicht, wo ich je wieder den Antrieb für irgend ein neues Buch hernehmen soll – so steht's mit mir!

Malen kann ich ein wenig. Habe ein weiteres Porträt angefangen, aber bin nicht so angetan von dem Gegenstand des neuen, wie ich's beim anderen war. Schreib – sag Peggy, sie soll es auch tun – Bin froh, daß Du Dein Buch hast, *was* würden wir ohne unsere […] machen […] Umarme Johnny von mir, ich finde seine […] Hundebemerkung köstlich, Möchte Euch alle so gern sehen. Bleibt Peggy in England? Werde ich sie je wiedersehen? Grüß Peter.

Djuna

An Emily Coleman

60 Old Church St., Chelsea, S.W. 3
19. August 1938

Emily, Liebste:

Deinen Brief finde ich äußerst bedrückend. Nicht nur wegen seines grauenhaften Inhalts, sondern weil ich kaum weiß, was ich sagen soll; wir sind in mancher Hinsicht so verschieden in unseren Reaktionen auf Menschen, daß ich mich fürchte, Bemerkungen und Beobachtungen mitzuteilen, die für *mich* richtig sein mögen, aber sicherlich nicht für Dich.

Dennoch, wenn Du Geduld mit mir hast, werde ich versuchen zu sagen, was ich denke, etwas anderes kann ich nicht tun, etwas anderes von mir wäre auch von keinerlei Nutzen. Ich denke, Du wirst inzwischen Henrys Nummer haben, aber es ist nicht eigentlich Henry, der einem in diesem Fall Rätsel aufgibt – sondern Du bist's. Sei bitte nicht gleich wütend auf mich, aber es scheint mir immer offensichtlicher, daß Du es bist. Zum Beispiel habe ich sozusagen Schmach und Schande auf mich genommen durch Thelma und Silas, die herumliefen und alles, was in Sicht kam vögelten, und ich hab's geschluckt, Gott weiß wie, ich hätte zu Zeiten schwören können, daß es unmöglich ist für mich, aber es ist geschehen und damit hat sich's. Du aber, die Liebe *so sehr* braucht, scheinst mir zuviel hinzunehmen, was *keine* Liebe ist, ganz gleich wie Du's auslegst (ich sage nicht, daß Henry Dich nicht liebt), aber es gibt da ein paar Dinge, die keinen Sinn ergeben – Liebe oder keine Liebe – und die, ganz gleich wie Du sie idealisieren magst, sie zuletzt umbringen werden – sogar bei einer solchen Roßnatur wie Du es bist – und eins davon ist *Vulgarität*. Ein Mann kann eine Frau vor Liebe aufschlitzen, aber er kann sie nicht andauernd als Hure und Scheiße bezeichnen und immer wieder so davonkommen, merk Dir meine Worte, Du kannst es vielleicht eine Weile ertragen, aber Du wirst es schließlich doch nicht, wenn er sein Verhalten nicht bessert. Leidenschaft, Liebste, besteht nicht notwendig aus einem Misthaufen von Beschimpfungen (ich weiß, jedes Gefühl wird Dich eine Menge hinnehmen lassen – eben um dieses Gefühls willen, das viel bedeutet, und alle Frauen brauchen es). Aber gerade weil Du so leidenschaftlich nach Leidenschaft verlangst, hast Du, glaube ich, eine akzeptiert, die Dich niemals glücklich machen wird, wie ich es jetzt sehe: das heißt, daß Henry jetzt mit Dir allein, ohne die Peters und Barkers, sich weiterhin so verhalten kann. Denn nicht jede Liebe ist eine gute Liebe, ebenso wenig wie Leiden läutert (worauf ich in Nachtgewächs hinwies) – noch ist jede Leidenschaft eine *gute* Leidenschaft, ich glaube, Du bist, was das angeht, ein wenig blind, *weil du sie so sehr brauchst*, nimmst Du jetzt zuviel hin. Meinst Du nicht in Deinem innersten Herzen, daß ich recht habe? Du kannst jetzt erkennen, was Henry Dir geben kann und was nicht, und wenn er Dir schließlich nicht in Dein inneres Leben folgen kann, in das Leben der Dichtung, der Musik, des Geschmacks, wirst Du es am Ende nicht durchstehen können. Ich glaube nicht, daß Du einen Mann von Fünfzig (oder irgend jemand sonst), der beinahe am Ende eines durchschnittlichen Lebens ist, ändern kannst, Du bist vielleicht imstande die *guten* Seiten, die über Jahre geschlummert haben, hervorzulocken, aber kannst Du Schlechtes, das jahrelang gediehen ist, verändern? Du neigst dazu, *jegliches Gefühl* zu mögen, und ich fürchte, Du magst sogar Gewalt, weil Du meinst, daß alles seinen Wert hat. Wieviel (fragst Du) sollte man aus Rücksicht auf ein Minderwertigkeitsgefühl aushalten, das hängt, scheint mir, davon ab, *wer* es hat. Könnte Henrys von der Art sein, daß Du es in Dein Leben aufnehmen könntest? Mir scheint, nach allem, was Du mir erzählt hast über die schlimmen Zeiten, die ihr immer wieder hattet, über sein gemeines Benehmen und seinen Egoismus und seine idiotische Erwartung, daß alles sich um ihn drehen müsse, über ihn, für ihn, Henry, Henry, Henry (mein Gott) – daß die Zukunft nur wenig an *eigenem* Leben für Dich bereithält, denn schließlich hatte er ja bisher Zeit genug, um zu zeigen, was er ist, was er fühlt, was er über Dich denkt, was er kann und will und was er nicht kann und nicht will, damit Du Dir die Summe eines künftigen Lebens mit ihm ausrechnen kannst, der erste Teil einer Liebesaffäre, ich meine einer Liebe, gleich ob in der Jugend oder in mittleren Jahren, ist gewöhnlich am schönsten (Du wirst anderer Meinung sein). Wenn er jetzt auf seinem Höhepunkt ist – was wird er später tun? Vielleicht gelingt es Dir, ihn zu zähmen, aber es wird eine übermenschliche Anstrengung nötig sein (derer Du, so wahr mir Gott helfe, fähig bist, wie ich weiß), um diese Aufgabe auf sich zu nehmen. Ich weiß, daß, was ich jetzt sage (ob es sich bestätigt oder nicht) Dich sehr zornig machen wird auf mich und uns womöglich auseinanderbringen wird, aber ich muß es sagen, wenn ich überhaupt etwas sagen soll. Du hast mich um meine Meinung gebeten (die vielleicht gar nichts taugt) – und so äußere ich sie, wie ich es sehe.

Am Anfang dachte ich, daß er sich wegen der schwierigen Umstände so verhielt – Du warst ihm noch fremd, Du warst in einer Stadt mit Deiner Vergangenheit, mit Peter, Barker usw., er kannte seinen Platz noch nicht genau und war verschreckt (zusätzlich zu dem Minderwertigkeitskomplex), aber nachdem Du *alles* in der Welt aufgegeben hast für ihn – Deine Vergangenheit, Deine Freunde, Dein Zuhause, Deine Dichtung und Musik, Deinen Stolz, ja sogar Deinen Stolz – dann sollte das, verdammt nochmal, reichen, um ihn erkennen zu lassen, daß Du ihn liebst und alles, was in Deiner Macht steht, für ihn tun würdest (natürlich kannst Du Deinen Charakter *nicht ganz und gar* verändern und eine ganz andere werden, nicht einmal für ihn), dann halte ich es wirklich für beinahe unmöglich – Du hast heroische Anstrengungen gemacht, das zu sein, was er braucht, was für Anstrengungen hat er gemacht? Du hast fünfzigmal mehr Talent und Leidenschaft als er und hast ihm das alles geopfert, was hat er getan, um Dir entgegenzukommen? Du hast ihm Liebe gegeben (vermutlich das erste Mal in seinem Leben), Du hast ihm Aufmerksamkeit, Geduld, Kritik zukommen lassen, Du bist bereit, Dich (in gewissem Maße) auszulöschen, ihn herauszustellen und für ihn zu denken und zu leben, Du (Idiotin) schläfst sogar auf dem Boden, wenn es ihm stinkt, anstatt *ihn* auf den Boden zu werfen (ich würde ohne Zweifel die gleichen Verrücktheiten begehen, wenn ich verliebt wäre), und alles das für was? Er hat gesagt, Du bist Scheiße, eine Hure und dies und das? Gut, wo ist denn Dein Entgelt, wo sind die Brillantarmbänder, die Perlohrringe, wo ist der Zobelmantel – er schenkt Dir Grausamkeit, Beschimpfungen und Armut und hält Dich immer noch für eine Hure, wirklich, ich bin ganz außer mir vor Wut, mir ist genauso zumute wie in der Nacht als ich ihn Scheißkerl nannte

und hinausschmiß. (Jetzt, in diesem Augenblick, bin ich froh, daß ich's getan habe – wenn es auch *nicht* die feine englische Art war!)
Emily, ich kann mit Dir nicht darüber reden, was kann ich schon sagen? Du liebst ihn immer noch und Du wirst nur ärgerlich auf mich sein, weil ich so denke, es ist eine höllische Situation, ich mag sie überhaupt nicht. Ich habe mich immer für Henrys gute Seiten eingesetzt, aber nur solange ich glaubte, daß seine häßlichen Seiten hauptsächlich durch seine Eifersucht auf Deine Vergangenheit verursacht wurden und durch die Tatsache, daß sich das mit ihm in der gleichen Stadt abspielte, jetzt ist es anders, jetzt wird sichtbar, daß er genauso weitermachen wird, ganz gleich wo Du bist oder was Du tust; Du wirst nicht imstande sein, es damit aufzunehmen. Es ist furchtbar traurig, daß man sich so wenig um ihn gekümmert hat und er mit einundzwanzig Jahren zum ersten Mal photographiert wurde, ich sage nicht, daß nichts für ihn spricht, aber man kann kein Leben darauf gründen, natürlich wird er die Tatsache nicht überstehen, daß, wie immer es auch aussieht, er Dich nicht wirklich unterkriegen kann, Du bist die ihm Überlegene und das weiß er. Du kannst Dich demütig in den Staub werfen und Dich in tausend Fetzen reißen, dennoch wird jeder einzelne Fetzen ihm wieder ins Gesicht fliegen als etwas, über das er sich nicht hinwegsetzen kann; wenn er meint, Dich unter dem Absatz zu haben, wird er entdecken, daß er seinen Stiefel auf Zement gesetzt hat, der ihm den Stiefel auszieht. Natürlich gibt es nette Züge an ihm, und er hat Talent (ich würde nicht so weit gehen zu sagen, daß er genial ist, denn das ist ein recht großes Wort) er hat auch Gefühl, aber was ist daraus geworden? Ich glaube, Du hast ihn auf sein richtiges Maß reduziert, wenn Du sagst, der Kaufmann in ihm hat ihn im Falle des Pinien-Hauses, das Du gern haben wolltest, so handeln lassen – Du weißt wirklich genau, wes Geistes Kind er ist. Du hast Deinen Verstand benutzt und hast es herausgekriegt, nur hast Du diese Idee, Du müßtest dabeibleiben, es sei »Dein Schicksal«, aber Liebste, das hast Du auch früher schon gesagt. Daß er Dich nicht einmal die Wohnung aussuchen läßt, in der Du leben möchtest, ist einfach unglaublich; er nennt Dich eine Hure, weil er Gesellschaft braucht, das heißt, er kann es nicht ertragen, daß Du eine unbekannte Größe bist.

Wenn er sagt, daß er mit Achtzehn geschworen hat, niemals einen Freund zu haben und *niemals einen gehabt hat* – so ist das die Antwort, muß ich das wirklich erklären? Ich habe geschworen, nie wieder einen Schluck zu trinken – und? Wäre er fähig zur Freundschaft gewesen, hätte er auch Freunde gehabt, Schwur hin oder her, und daß er keinen Freund hat, ist eine böse Sache, und es ist kein Wunder, daß er Dich so behandelt, die Du versucht hast, ihm auf jede Weise gefällig zu sein. Ich behaupte nicht, daß Du nicht schwierig bist, Du bist es, aber halt mal, Du bist schwierig, aber nicht unanständig, Du bist schwierig, eben weil Du eine Leidenschaft für sonderbare Dinge hast, für die andere Leute sich nicht interessieren, aber Du bist nicht schwierig, wenn es darum geht, das Beste in einem Menschen gelten zu lassen, wenn er Dir etwas bedeutet. Du besitzt alle Arten von Sonderbarkeiten, aber sie sind nie häßlich, gemein oder habgierig, Du neidest das Gute nicht, im Gegenteil, Du bist nicht nachtragend, Du grollst nicht, Du kannst gewissen Dingen gegenüber unglaublich stur sein, aber nie um mit jemandem abzurechnen oder Dich als monströses Ego aufzuspielen. Du hast, weiß Gott, ein hitziges Temperament, aber Du benutzt es nicht dazu, jemand ungerechtfertigt niederzutrampeln. 90 % von dem, was Henry tut, ist ungerecht. Und darauf kann man einfach kein Leben aufbauen. Seine Ungerechtigkeit bringt ihn dazu, Dich zu verabscheuen, obwohl er Dich liebt, (ich denke das immer noch, obgleich ich nicht mehr denke, daß es genug ist).

Ich kann nichts mehr sagen, Du kennst ihn besser als ich, und auch das ist nicht die schwierige Frage, sondern, was Du dagegen zu tun gedenkst – gegen Deine Leidenschaft für das letzte Gelübde, die Initiation oder wie nennt man das, wenn man Nonne wird? Du bist wirklich religiös und sonst gar nichts, Du weißt, in welchem Sinne ich das meine, Du möchtest hingebungsvoll sein, Du warst es immer, aber diesmal, fürchte ich, ist Dein Gelübde besonders unglückselig. Ich weiß wohl, daß ich gut reden habe, weil ich ihn nicht liebe, aber ich kann mir vorstellen, wie es mir gehen würde, wenn ich in einen solchen Mann verliebt wäre, ich würde hören, was Du sagst und wäre dennoch (wie Du wahrscheinlich) immer noch verliebt und unfähig da rauszukommen; niemand als man selbst kann in solchen Angelegenheiten etwas tun; Du hast mir oft gesagt, was schäbig an Silas war, und was war? Ich habe ihn einfach weiter geliebt und tu's immer noch, obgleich es das Allerschwachsinnigste von der Welt ist und mir über acht Monate lang nichts eingebracht hat (das heißt viel Angenehmes, was die Liebe eines Liebhabers angeht, ja, aber was hab ich einstecken müssen, um das zu erreichen?). Er bekennt mir seine Treulosigkeit ins Gesicht, und nicht nur, daß er es tut (ich hab' ihn darum gebeten), sondern *wie* er darüber spricht, flott, fröhlich, beiläufig als bedeute es nichts und ich sollte mir nichts daraus machen. Und was tu ich? Heule und treffe mich weiter mit ihm. Ich *weiß* (jetzt), daß alles für immer vorbei ist, ich hab' (indem ich meinen Stolz abtötete) vorgestern abend mit ihm darüber gesprochen. Er sagt, daß ich ihn als Geliebte nicht mehr interessieren kann, daß ihm da irgend etwas völlig abhanden gekommen ist, obwohl er mich heute mehr mag als am Anfang, ja, daß das der eigentliche Grund sei, sagt er mir jetzt, daß ich ihn am Anfang zugleich abgestoßen und fasziniert hätte, wegen meiner rauhen Fassade, und daß er das als sexuelle Stimulation brauche, Abneigung und Anziehung!!!

Jetzt, da er mich (Zitat) »lieb und freundlich und gut« findet, geht es einfach nicht mehr. Siehst du jetzt, warum Frauen zu Hyänen, Hexen und Furien geworden sind? Weil Männer nur so mit ihnen ins Bett gehen können.

Ich weiß nicht, was ich Dir sonst noch sagen soll. Es tut mir so leid für Dich, auch wenn es jetzt zusammen mit Deinem Sohn und Deinem Vater besser ist, sie interessieren sich für Dich und das wird Dir helfen … Ich wünschte, Du wärst nie aus London fortgegangen. Ich wünschte, Du wärst letzte Woche mit uns zusammengewesen. Peter und ich (und Silas) haben eine Autotour gemacht, und Peter umkreiste immer wieder Dein Cottage und er brauchte nur noch meine Aufforderung »Laß uns doch zu Emilys Haus fahren« und schon hielt er vor der Tür. Er wollte nicht aussteigen, aus Angst, Barker zu begegnen, ich sah die Straße hinunter und da gingen ein Mann und ein Mädchen mit den Rücken zu uns: »Das ist Barkers Rücken« sagte ich, »oder ich freß einen Besen«, daraufhin wuchs ihm der Mut, er wendete den Wagen und machte ein paar Schritte in den Garten hinein, wollte eine ganze Weile nicht weitergehen, also ging ich einfach ganz hinein und bis zum Haus, Silas hinter mir; es sieht hübsch aus, viel hübscher, sagte Peter (er folgte uns, als klar war, daß Barker weg war) als je zuvor, überall Kletterpflanzen an den Mauern und die Stockrosen ganz hoch und ganz schwer vom Rot, wehende Gardinen und im Küchengarten drei Lagen von ungepflücktem Salat!! Dann fuhren wir nach Chiddingfold zurück und tranken Tee im Crown Inn, und Peter sagte immer wieder: »hier habe ich Tee mit Emily getrunken«, und immerzu Emily dies und Emily das, obgleich ich weiß, daß, wenn Du zurück wärst, die gleiche Sache weiterginge wie zuvor. Darüber mache ich mir keine Illusionen. Er fährt in seinen Ferien allein nach Frankreich, obgleich er immer nur stöhnt: »Ich möchte sterben«, und neulich abends sagte er: »Niemand hat mich je geliebt« … und ich schrie: »das ist eine Lüge, Emily hat dich geliebt«, und dann sagte er sehr leise: »ja, Emily hat mich geliebt«.

Das ist ein irrer Brief, der irrste, den ich je geschrieben habe. Ich habe Peggys Porträt noch nicht aufgestellt, aber es gefällt mir immer noch nicht, sie haßt es. Es sollte »Der unglückliche Drache« heißen. Sie sagte zu mir: »glaubst du, daß ich hart und eine Hexe und grausam bin« und ich sagte: »dein Mund schon, aber dann sind da deine Augen«. »Was hältst du wirklich von mir und meinem Charakter?« sagte sie dann und ich sagte: »du weißt ja, was sich da alles angesammelt hat«, und sie grinste!!

Jetzt schwebt sie mit einer Sechzigtausend-Dollar-Perlenkette durch die Gegend (meine für zehn Dollar sieht fast genauso gut aus!) und versucht sich für Sam oder für Tanguy zu entscheiden!! Hazel King Farlow war so entzückt darüber, daß Peter eins ihrer Bilder gefiel, daß sie ihm – sehr zu seinem Leidwesen – ein weiteres aufgedrängt hat. Am Wochenende habe ich vor, zu Peggy ins Cottage zu fahren und zwar mit dem Burschen, der Si einen leichten Eifersuchts-Stich verursachte, obwohl Si vielleicht auch mitkommt! Das Haus steht da auf seinen Stützen und verrottet so langsam – mit zwei Dienstmädchen bis zum ersten. Wahrscheinlich aber werde ich einfach bleiben, wo ich bin. Mir ist alles zuwider, ich fühl' mich nicht gut und bin [...]. Meinem Bruder scheint es besser zu gehen, kann ich erfreulicherweise mitteilen. Die Bouches werden am 12. September hier sein – auf dem Weg nach Irland, wo sie bei Gogarty eingeladen sind, dem Buck Mulligan im Ulysses!! Ich wollte hinfahren, Peggy hat mir ein wenig Geld versprochen, zeigt sich nun aber so knickrig, sie eilte zu American Express, um zu erfahren, was eine Fahrkarte dritter Klasse kostet und kam triumphierend damit zurück – drei Pfund und etwas!! daß ich die Idee aufgebe, man kann in Irland nicht für drei Pfund und etwas herumreisen, so werde ich also hier sitzen bis entweder ein Leichenwagen oder eine Ambulanz oder ein Verrückter mich holen kommt!!!

Alles Liebe, Darling, schreib bald, und vergiß mein irres Gerede, wenn es Dich wütend macht.

An Natalie C. Barney

o. O.
16. Oktober 1963

Liebe Natalie:

nun kommt der Winter wieder mit seinen mißlichen Nachrichten, dem Tod von Piaf und Cocteau; ich habe die Piaf nicht gekannt und bin Cocteau nur kurz begegnet; aber nichtsdestoweniger rafft es uns dahin, unsere legendäre Zeit ist dabei Geschichte zu werden.

Ich schreibe und schreibe, obgleich – wie die Deutschen über Nachtgewächs sagen – »was bleibt *danach* noch zu schreiben übrig!« Immerhin, es gab Antiphon; vielleicht könnte ich ja auch die sechs Bände meiner Notizen nach einem Gedicht, einem kurzen Artikel oder sonst irgend etwas durchstöbern; jedenfalls ist das alles, was von einem vollbefrachteten Schiff übrig ist. Wie denkst *Du* über unsere Zeit damals, die man heute gerne als die »verhängnisvollen zwanziger (dreißiger, vierziger, fünfziger, sechziger) Jahre« bezeichnet? jetzt da wir so ziemlich alles hinter uns haben? Mir erscheint sie als eine Zeit vollkommener (wenn auch verdorbener) Unschuld, wenn man sie mit der fürchterlichen Zeit vergleicht, zu der sie herangewachsen ist. Ich halte mich nicht gerade für prüde, aber offen gesagt bin ich schockiert über das, was heute geschrieben wird, über die Stücke, die jetzt auf die Bühne kommen, über die Zeitschriftentitel am Kiosk, über Reden und Verhalten auf der Straße – und was die Horrorberichte aus Europa angeht und »das was kommt« … wer kann das fassen oder verstehen?

Ich nehme an, Du gehst bald wieder mit Romaine in den Süden, um den Winter angenehm zu überstehen: Ich frage mich, was Du vorhast … ich mache mir Sorgen um meinen Winter, diese hübsche, vielleicht letzte überlebende, baumbestandene Hofanlage mit der niedrigen Miete und zivilisierten Ruhe ist verkauft worden, nachdem der Eigentümer im Mai gestorben war, und es kann sein, daß der neue Mann den ganzen Kram einreißen läßt, um eine dieser gräßlichen »modernen« Kisten mit Selbstbedienungslift (der jeden zu

Tode ängstigt), langen Fluren wie Rattengehegen und rundumBebauungsplan genehmigt ist, wird er sich vielleicht nicht durchsetzen lassen ... alles für den Fortschritt!

Ich frage mich, was Proust empfunden hat.

Herzlich, Sag mir, daß es Dir gut geht.

Quellen und Anmerkungen

Das Mädchen und der Gorilla: aus *New York. Geschichten und Reportagen aus einer Metropole.* Verlag Klaus Wagenbach, Berlin 1987. Deutsch von Karin Kersten. Erstmals erschienen in ›New York World Magazine‹, 18. Oktober 1914, später im Band *Djuna Barnes' New York,* Sun & Moon Press, Los Angeles 1987.
Nachdem Dinah, der Gorilla, im Frühling 1913 von Mitgliedern der New York Zoological Society gefangen worden war, blieb sie noch 18 Monate in Afrika. Man wollte sie an die Gefangenschaft gewöhnen, ehe man sie im Herbst 1914 in die Vereinigten Staaten brachte. Bis Weihnachten hatte Dinah zwar einen anderen Gorilla in Gefangenschaft überlebt, sie litt jedoch an Paralyse. Sie hörte allmählich zu fressen auf und starb im darauffolgenden August an Unterernährung.

Kennen Sie Zwangsernährung?: aus *New York* (a.a.O.; siehe: *Das Mädchen und der Gorilla*). Erstdruck: ›New York World Magazine‹, 6. September 1914, dann in *Djuna Barnes' New York,* Sun & Moon Press, Los Angeles 1987.
Um das Wahlrecht zu erlangen, begingen britische Frauen hundertfach Akte zivilen Ungehorsams. Als sie jedoch feststellen mußten, daß ihre Gefängnisaufenthalte kaum Auswirkungen auf die Regierungspolitik hatten, gingen sie während ihrer Haft zur Taktik des Hungerstreiks über. Viele wurden krank, und das Innenministerium, das den Häftlingen die Popularität des Märtyrertums nicht gönnen wollte, ordnete an, daß Hungerstreikende von Gefängnisbeamten zwangsernährt werden sollten.
Es ist schwer zu sagen, wie viele dieser Frauen an den Auswirkungen der Zwangsernährung starben, da sie ganz allgemein eine Verschlechterung des Gesundheitszustands bewirkte.
Die Methode der Zwangsernährung, wie sie in Großbritannien angewendet wurde, unterschied sich etwas von der, der sich Djuna Barnes freiwillig unterzog und die sie hier schildert. In Großbritannien wurde ein stählernes Mundstück verwendet, mit dessen Hilfe man einen Schlauch zwischen den Zähnen einführen konnte; auf diese Weise beschädigte man Zähne und Kiefer ebenso wie die Gurgel. Manche Frauen, die dieser Tortur nicht lange standzuhalten vermochten, aßen das übliche Essen und liefen dann bis zur Erschöpfung in der Zelle auf und ab oder warfen sich gegen die Zellenwände, bis sie das Bewußtsein verloren.

Greenwich Village wie es ist: aus *New York* (a.a.O.; siehe: *Das Mädchen und der Gorilla*). Erstdruck: ›Pearson's Magazine‹, Oktober 1916, dann in *Djuna Barnes' New York,* Sun & Moon Press, Los Angeles 1987.

Women's Night Court: »Nachtgericht« in der Centre Street, wo verhaftete Prostituierte im Schnellverfahren von richterlichen Beamten angeklagt, verurteilt und meist gegen Kaution gleich wieder entlassen wurden.
Dagos: Schimpfwort für Südländer.
Guido Bruno: Siehe Djuna Barnes, *Portraits.*

Aller et retour: aus *Leidenschaft. Neun Erzählungen*, Verlag Klaus Wagenbach, Berlin 1986. Deutsch von Karin Kersten. Zuerst erschienen in: *Spillway*, Faber and Faber, London 1960 und Farrar, Straus and Giroux, New York 1962.
Saturnalien: aus *Saturnalien. Erzählungen*, Verlag Klaus Wagenbach, Berlin 1987. Deutsch von Karin Kersten. Nach 1940 in New York entstanden.
Der Brief, der niemals abgeschickt wurde: aus *Saturnalien* (a.a.O.; siehe: *Saturnalien*). Erstveröffentlichung in ›Vanity Fair‹ 1922.

Eine Nacht mit den Pferden: aus *Leidenschaft* (a.a.O.; siehe: *Aller et retour*).
Vor *Spillway* erschien die Erzählung in *A Book*, Boni and Liveright, New York 1923.
Die Nacht in den Wäldern: aus *Die Nacht in den Wäldern. Short Stories.* Verlag Klaus Wagenbach, Berlin 1984. Deutsch von Karin Kersten. *Smoke and Other Early Stories.* Sun & Moon Press, Maryland 1982.
Hinter dem Herzen: deutsche Erstveröffentlichung mit freundlicher Genehmigung des Authors League Fund as Literary Proprietor of the Estate of Djuna Barnes und des PROJEKT Theater & Medien Verlags. Deutsch von Kyra Stromberg. In: ›The Review of Contemporary Fiction‹, Volume 13, no. 3, 1993.

Zwei Damen trinken Tee. Copyright, Aufführungs- und Senderechte Authors League Fund as Literary Proprietor of the Estate of Djuna Barnes und Krista Jussenhoven, PROJEKT Theater & Medien Verlag. Deutsch von Inge von Weidenbaum. Zuerst in ›Shadowland‹, VIII, April 1923.
Ladies Almanach: aus *Ladies Almanach*, Verlag Klaus Wagenbach, Berlin 1985. Deutsch von Karin Kersten. Zuerst 1928 als anonymer Privatdruck unter dem Titel *Ladies Almanack* in Paris veröffentlicht; die zweite Auflage erschien 1972 bei Harper & Row Publishers in New York unter dem Namen und mit einem Vorwort der Verfasserin.
Ladies Almanach ist die Einführung zu dem in Monate eingeteilten Almanach.
Sie stimmen nicht recht überein (im Original: KAPITEL VIERUNDDREISSIG. *Sie stimmen nicht recht überein. Worin Amelia und*

die Sorglose Kate ihr Heim für immer verlassen.): aus *Ryder*, © Suhrkamp Verlag Frankfurt am Main 1986, S. 175–183. Deutsch von Henriette Beese. Der satirische Roman erschien erstmals – zensiert – unter dem Titel *Ryder. Novel* 1928 bei Horace Liveright, New York. Die deutsche Ausgabe folgt der erweiterten Neuausgabe 1979 bei St. Martin's, New York.
Amelia de Grier, die Ehefrau, und Sorglose Kate, die Geliebte, teilen sich Wendell Ryder und ihr Heim, aber nicht die Kinder.

Nachtwache: aus *Nachtgewächs. Roman*, © Suhrkamp Verlag Frankfurt am Main 1971, S. 63–77; erste deutsche Ausgabe: Verlag Günther Neske, Pfullingen 1959. Deutsch von Wolfgang Hildesheimer. *Nightwood. Novel.* erschien zuerst 1936 bei Faber and Faber, London, 1937 bei Harcourt, Brace & Co., New York, mit einer Einführung von T. S. Eliot.
Der Text ist an zwei Stellen, die mit … markiert sind, leicht gekürzt.

Was ist aus dir geworden? (Titel von der Herausgeberin): aus dem III. Akt des einzigen längeren Dramas, *Antiphon*, © Suhrkamp Verlag Frankfurt am Main 1972, S. 142–149. Deutsch von Christine Koschel und Inge von Weidenbaum. *The Antiphon. A Play* erschien 1958 bei Faber and Faber, London, und 1959 bei Farrar, Straus and Cudahy, New York.
Mutter Augusta und Tochter Miranda rechnen miteinander ab.

Die **Gedichte** wurden sämtlich von Christine Koschel übersetzt.

Sagte »Liebe!«: Typoskript im Nachlaß von Djuna Barnes, McKeldin Library, University of Maryland.

Paradies: Erstveröffentlichung in *A Book*, Boni and Liveright, New York 1923.

Diskant: Typoskript im Nachlaß von Djuna Barnes, McKeldin Library, University of Maryland.

Transfiguration: revidierte Fassung des Gedichts, das im ›London Bulletin‹, Juni 1938, veröffentlicht wurde.

Ist das Küssefleisch geschwunden: Typoskript im Nachlaß von Djuna Barnes, McKeldin Library, University of Maryland.

Die **Briefe** stammen aus dem Band *Cold Comfort*. Herausgegeben von Mary Lynn Broe. In Vorbereitung. Sie wurden sämtlich von Kyra Stromberg übersetzt.
Einige der in den Briefen erwähnten Personen konnten nicht identifiziert werden.

An Courtenay Lemon:
C. L.: Theaterkritiker, Lektor und Schriftsteller, verheiratet mit D. B. von 1916 bis 1919.
Mary: M. Pyne, bekannte Schauspielerin der Provincetown Players, für die D. B. in den zehner Jahren Stücke schrieb, soll ein

Verhältnis mit D. B., in deren frühen Gedichten sie vorkommt, gehabt haben. Sie starb 1919 sehr jung an Tuberkulose.

An *Charles Henri Ford;* 23. 11. 1933:

C. H. F.: Schriftsteller, Herausgeber der kleinen Zeitschrift ›Blue‹, hatte ab 1929 eine längere Bindung an die 20 Jahre ältere D. B. Er inspirierte sie zu der Kurzgeschichte *Hinter dem Herzen.*

Parker: P. Tyler, Filmkritiker und Schriftsteller, Geliebter von C. H. F., mit dem er 1933 den Roman *The Young and Evil* über die homosexuelle Jugend im Paris der zwanziger Jahre schrieb.

Saxon: D. Bs. jüngerer Bruder, mit dem sie eine ambivalente und wechselhafte Beziehung verband. Ursache ihrer Streitigkeiten war meist das Geld: Ds. Armut und Ss. Geiz.

Ruth: R. Ford, C. H. Fs. Schwester, Schauspielerin.

John: J. Ferar Holms, zeitweiliger Lebensgefährte Peggy Guggenheims, starker Trinker und glänzender Unterhalter; schulte den literarischen Geschmack von D. B. und Emily Coleman; starb 1934 nach einem Reitunfall.

Peggy: P. Guggenheim versammelte in den dreißiger Jahren Schriftsteller und Künstler wie D. B., Emily Coleman, George Barker, Samuel Beckett, Antonia White in Hayford Hall, ihrem Besitz in Devon, und später in Yew Tree Cottage. Die Mäzenin und Millionärin verband mit D. B. eine enge, z.T. schwierige Freundschaft.

Pegeen ist P. Guggenheims Tochter.

Katie: Kathryn Cavarly Hulme

Alice: A. Rohrer

Beide waren Freundinnen D. Bs. und vor allem ihrer Mutter Lizzie; sie gehörten einem Zirkel von Frauen um den russischen Mystiker Gurdjieff an.

Kay: K. Boyle, Schriftstellerin und Übersetzerin. D. B. spielt auf deren Roman *Gentlemen I Address You Privately* an.

Blut eines Dichters: Jean Cocteaus Film *Le sang d'un poète* von 1993. **Pavlic:** Pavel Tchelitschews Spitzname, den ihm Charles Henri Ford gab. Ford und »Pavlic« lernten sich in Paris durch Gertrude Stein kennen und lebten bis zu Ps. Tod 1957 zusammen. »Neo-romantischer« Maler noch in der Zeit des Kubismus; entwarf für Diaghilev, Balanchine und Hindemith Bühnenbilder.

Thelma: T. Wood, über neun Jahre lang Freundin und Geliebte von D. B.. Die Vagabundin Robin Vote aus *Nachtgewächs* trägt mehr als nur einzelne Züge Ts. Begabte Graphikerin und Bildhauerin.

Victor: V. Cunard, Cousin von Nancy C. D.B. besuchte ihn in Venedig.

Neagoe: Peter N., Autor und Verleger; eine von D. Bs. großen Leidenschaften, aber verheiratet mit Ana; D. B. nannte ihn »Muffin«.

Marcel: der Künstler M. Duchamp

Janet: J. Flanner, Journalistin, Reporterin, Schriftstellerin aus New York; eine der ersten Mitarbeiterinnen des ›New Yorker‹ in den zwanziger Jahren *(Letter from Paris)*; gehörte zum Kreis um Natalie Barney.

William Aspinall Bradley: Literarischer Agent, dessen Büro Treffpunkt amerikanischer und englischer Verleger war.

Junge und Böse: D.B. spielt auf P.Ts. und C.H.Fs. Roman *The Young and Evil* an.

An ***Emily Coleman,*** 20.4.1934:

E.C.: Schriftstellerin und langjährige Sekretärin der Anarchistin Emma Goldman. Sie hatte eine langjährige, wenig glückliche Beziehung zu Peter Hoare (später Sir Samuel Hoare) in London. Sie gehörte zu den häufigsten Gästen in Hayford Hall. Mit D. B. verband sie vor allem in deren Londoner Zeit (1932 bis 39) eine enge Freundschaft. Sie schrieb einen hochinteressanten, aber unveröffentlichten Essay über *Nachtgewächs*.

John: auch **»Johnny«,** Sohn Emily Colemans, der in den dreißiger Jahren viel Zeit in Hayford Hall verbrachte.

Erskine Caldwell: Südstaaten-Romancier.

Ana: A. Neagoe (siehe: an Charles Henri Ford, 23.11.1933)

Peggy: P. Guggenheim

[...]: Drei Stellen im Original unleserlich.

An ***Emily Coleman,*** 19.8.1938:

Henry: mit H. lebte E.C. in Kanada, unmittelbar nach ihrem Aufenthalt in Hayford Hall und vor ihrer Heirat mit Jake Scarborough, einem Cowboy aus dem Südwesten.

Thelma: T. Wood

Silas: auch »Si«, Rudolph Glossup, Metallurg, lange Zeit Liebhaber von D. B., heiratete eine andere Frau, enger Freund von Coleman, Barker und Hoare.

Peter: P. Hoare (siehe: an Emily Coleman, 20.4.1934).

Barker: George B., britischer Dichter, der in diesen Jahren gerade seinen ersten literarischen Erfolg erlebte; hatte eine kurze Affäre mit E.C.

Tanguy: der französische Maler Yves T.

An ***Natalie Clifford Barney,*** 16.10.1963:

N.C.B.: amerikanische Schriftstellerin und überzeugte Lesbierin; von ihrem Freund Rémy de Gourmont »Amazone« genannt; ihr (alkoholfreier) Salon in der Rue Jacob im Quartier St. Germain war Treffpunkt für viele Berühmtheiten, aber auch angehende Talente in den zwanziger Jahren. Über ihren lesbischen Zirkel (»Académie des Femmes«) schrieb D. B. den *Ladies Almanach*.

Romaine: R. Brooks, amerikanische Malerin und Millionärin, eine der beiden großen Lieben von N.C.B.; ungesellig und schwierig im Umgang.

Lebensdaten

Sie wird geboren am in Cornwall-on-Hudson.	12. Juni 1892
Sie wächst dort – ohne Schulbesuch – auf bis etwa In dieser Zeit Umzug der Familie nach Long Island.	1907/8
Sie geht nach New York und beginnt eine Ausbildung in Zeichnen und Malen an Pratt's Institute.	1911/12
Regelmäßige journalistische Mitarbeit an Tageszeitungen und kleinen Magazinen (Reportagen, Interviews, Illustrationen). Umzug aus der Bronx nach Greenwich Village.	ab 1912
Sie schreibt Gedichte, Einakter (die im avantgardistischen Provincetown Theater z.T. aufgeführt werden) und übernimmt auch Rollen.	
Erste größere Veröffentlichung: »*The Book of Repulsive Women*« in Guido Bruno's Chapbook.	1915
Sie heiratet Courtenay Lemon, einen Theaterkritiker, Lektor und Schriftsteller.	1916 (bis 1919)
Erster Paris-Aufenthalt. Sie lernt Natalie Barney und ihren lesbischen Kreis und James Joyce kennen (»*Ulysses*« erscheint in Paris) und begegnet der Bildhauerin Thelma Wood. Kurze Rückkehr nach New York.	1919/20–22
Zweiter Paris-Aufenthalt; Beginn der Liebesbeziehung zu Thelma Wood. »*A Book*« (Erzählungen, Gedichte, Kurzdramen, Zeichnungen) erscheint bei Boni & Liveright, New York.	1923
Sie setzt ihre journalistische Arbeit – häufiger unter Pseudonym (Lydia Steptoe) oder ungezeichnet – fort. Freundschaft mit Robert McAlmon, Aufenthalt in Berlin und Wien.	1923/24
»*Ladies Almanack*« erscheint (satirische Texte und Zeichnungen); als Autorin zeichnet »A Lady of Fashion«. Privater Druck und Vertrieb.	1928

Der gleichfalls satirische Roman »*Ryder*« erscheint bei Horace Liveright, New York, und gilt kurze Zeit als Bestseller.

Die Beziehung zu Thelma Wood findet ihr Ende. 1931
Die Arbeit an einem Roman, vorläufiger Titel »Bow Down«, beginnt.

Freundschaftliches Verhältnis zu Charles Henri Ford. Gemeinsame Reise nach München, Wien und Budapest.

Längerer Aufenthalt in Hayford Hall, England 1932
(Sommersitz der Kunstsammlerin und Freundin Peggy Guggenheim). Fortsetzung der Arbeit an »Bow Down«, Reise nach Tanger, wo Charles H. Ford und der Romancier und Musiker Paul Bowles seit einiger Zeit leben.

Kurze Rückkehr nach Paris, erneuter Aufenthalt 1933
in Hayford Hall. Sie pendelt zwischen Devonshire und Paris. »Bow Down« – jetzt »*Nightwood*« – in erster Fassung abgeschlossen. Schiffsreise nach New York.

Deprimierende Begegnung mit Mutter und Brü- 1934
dern in New York. Sie findet keinen Verleger für »*Nightwood*« in den USA; beendet ihre journalistische Arbeit. Rückkehr nach England. Sie siedelt sich in London an.

Freundschaft mit Emily Coleman, Peter Hoare 1936
und engere Beziehung zu Silas Glossop.
Sie freundet sich mit T. S. Eliot an, der »*Nightwood*« schließlich bei Faber and Faber in London herausbringt. Kritischer Erfolg.

»*Nightwood*« erscheint mit einer Einführung von 1937
T. S. Eliot bei Harcourt, Brace & Co. in New York. Auch hier günstige Kritik, kein Verkaufserfolg.

Sie kehrt noch einmal nach Paris zurück, löst ihre 1940
Wohnung auf und verläßt Frankreich kurz vor der deutschen Okkupation. Von England aus endgültige Rückkehr nach New York.

Sie bezieht, nach äußerst schwierigen Anfängen, 1941
die kleine Wohnung am Patchin Place 5 in Greenwich Village.

Sie lebt äußerst zurückgezogen (»Trappistenzeit«). Wenige Freunde. Arbeit an einem Theaterstück (»*The Antiphon*«) ab etwa 1951

»*The Antiphon*« erscheint bei Faber and Faber in London. 1958
Zögernde Kritik.

»*The Antiphon*« erscheint bei Farrar, Straus and Cudahy in New York. 1959

»*Nightwood*«/»*Nachtgewächs*« erscheint in der deutschen Übersetzung von Wolfgang Hildesheimer bei Günther Neske in Pfullingen. Lebhafter kritischer Erfolg. 1959

»*The Antiphon*« wird in der schwedischen Übersetzung von Dag Hammarskjöld und Karl R. Gierow in Stockholm uraufgeführt. Zustimmende Kritik, vor allem in Schweden. 1961

»*Eine Nacht mit den Pferden*«/»*A Night among the Horses*« erscheint in der Übersetzung von Joachim Uhlmann bei Günther Neske in Pfullingen.

»*Selected Works by Djuna Barnes*« (Spillway/Erzählungen, The Antiphon, Nightwood) kommen bei Farrar, Straus and Giroux in New York heraus. 1962

Sie arbeitet nur noch an Gedichten, von denen zu ihren Lebzeiten nur drei erscheinen. Die deutsche Übersetzung des Stückes »*Antiphon*«, von Christine Koschel und Inge von Weidenbaum, erscheint im Suhrkamp Verlag. 1979

Sie stirbt – seit langem an Asthma und Lungenemphysem leidend – sechs Tage nach ihrem 90. Geburtstag in New York. 1982
Ihre Asche wird in der Nähe von Cornwall-on-Hudson beigesetzt.

»Ein Vamp ist jeder, der leichter eine Gewohnheit durchbricht, als eine annimmt.«
Djuna Barnes

Portraits
Gespräche mit bekannten und weniger bekannten Zeitgenossen: von Coco Chanel und James Joyce zu Mother Jones, Alfred Stieglitz und vielen anderen.
»Die größte amerikanische Dichterin unserer Zeit.«
Die Zeit
Englische Broschur, 208 Seiten mit vielen Bildern

Paris, Joyce, Paris
Texte über Paris und ein Portrait von James Joyce:
»... zum Sich-Freuen, daß es solche Bücher noch gibt.«
Dörthe Emig, BuchJournal
SALTO. Rotes Leinen, 96 Seiten mit vielen Fotos

Die Frau, die auf Reisen geht, um zu vergessen
Bilder von der Lust des Reisens, witzig, selbstironisch, exzentrisch.
»Kostbare Fundstücke der Reiseliteratur.«
FAZ
SALTO. Rotes Leinen, 80 Seiten mit vielen Fotos

Verführer an allen Ecken und Enden
Schonungslose Erzählungen über die Langweiligkeit des Natürlichen, mit allen möglichen und unmöglichen Ratschlägen für die kultivierte Frau und ihre Verführer.
»Ein höllisches Lesevergnügen.«
Die Woche
SALTO. Rotes Leinen, 80 Seiten mit Bildern

Solange es Frauen gibt, wie sollte da etwas vor die Hunde gehen?
Acht Portraits von ungewöhnlichen Frauen, Zwiegespräche zwischen Emanzipierten.
SALTO. Rotes Leinen, 96 Seiten mit vielen Fotos

Hinter dem Herzen
erschien als 59. *SVLTO* 1996

Umschlaggestaltung Rainer Groothuis unter Verwendung einer Zeichnung von Rotraut Susanne Berner. Das Foto auf Seite 2 stammt von Berenice Abbott. Gesetzt aus der Korpus Deepdene von der Offizin Götz Gorissen, Berlin. Druck und Bindung durch Clausen & Bosse, Leck. Printed in Germany.
ISBN 3 8031 1158 7